# 隠し味は殺意

ランチ刑事《デカ》の事件簿❷

七尾与史

ハルキ文庫



角川春樹事務所

# 隠し味は殺意

ランチ刑事《デカ》の事件簿②

目次・章タイトルデザイン：かがやひろし

*Murderous intent makes delicious food. Contents*

# 隠し味は殺意
## 〜ランチ刑事《デカ》の事件簿②〜

*Illustration by Katogi Mari*

Murderous
intent makes
delicious food.
＊

# 第1章　ランチ刑事《デカ》の恋愛事情

　室田《むろた》署は一見何の変哲もない警察署である。

　四階建ての建物の外壁はところどころ煤《すす》けたりひびが入ったりしていて、それなりに年季が感じられる。

　外観的にもデザイン性が乏しく、実に面白味がなくお洒落《しやれ》とはほど遠い。赤坂や六本木に見られるような瀟洒《しようしや》なインテリジェントビルやファッションビルだったら、楽しい気分で通勤できるのにと思ったりすることもしばしばだ。

　内部に至っては外観以上に色気がない。古いなら古いなりの風格や格調があればクラシカルと割り切れるところだが、いかんせんそんな要素は一ミリも持ち合わせていない。ただひたすら古い、汚い、ボロいだけである。男に例えればハゲ、チビ、デブが揃《そろ》ったオッサンといったところだろう。

　廊下や階段も薄暗くてうんざりだし、オフィスも可愛《かわい》げも遊び心もない事務用デスクに事務用椅子《いす》に事務用棚と事務事務事務づくしだ。ラグジュアリーなんてまるで異世界のように思えてしまう。

壁に掲げられた広報ポスターも人気アイドルや女優たちの隙《すき》のなさすぎる笑顔ばかりで、アートセンスの欠片《かけら》もない健全さである。逆に心の闇《やみ》が滲《にじ》み出ているような覚醒剤《かくせいざい》撲滅のポスターなんて気が滅入《めい》るばかりだ。その鬱屈《うっくつ》を晴らすためにクスリに手を出す者が出れば本末転倒である。

勤労する分には困ることはないが、もう少し華やかな気持ちで仕事がしたい。

廊下ではただでさえ、意味不明なことをわめく酔っ払いや人相の悪いヤクザたちが、強面《こわもて》の警官に引っぱられるように行き来しているのだ。

慣れたとはいえ決して愉快な光景ではない。

仮にどんなにイケメンでも彼らは容疑者なのだ。胸の高鳴りやときめきなんてまるで無縁である。

外の駐車場には警察車両が整然と並んでいる。

一部のマニアの心は躍るかもしれないが、そうでなければこちらも辛気くさい風景に過ぎない。半月ほど前には二本ほど植わっているソメイヨシノは満開だったが、四月半ばを過ぎた今ではすっかり散ってしまっている。せめてパトカーをパステルピンクやスカイブルーみたいにカラフルにすればこの殺風景も少しは華やぐだろう。

そんな警察署は犯罪に巻き込まれたとか、逆に犯罪を引き起こしてしまったとかでもない限り、多くの人たちにとってあまり立ち寄りたい場所ではないはずだ。

もちろん運転免許証の更新や各種書類の提出などもあるかもしれないが、普通の一般市民が警察署に立ち寄ることは滅多《めった》にない。

ここにやって来る市民たちの表情もむしろ暗いことのほうが多い。中には血まみれの顔で来る人もいるけど。

とにかく家族や友人知人たちに「警察署に行ってくる」と言えば「大丈夫？」と心配されるのが普通だろう。

ところが今、そんなアミューズメント性やエンターテインメント性の欠片もない、我らが室田署に老若男女の市民たちが押し寄せているのである。

地下から始まるその行列は階段を通り玄関を抜けて駐車場のほうまで延びている。あまりの混雑ぶりに署員たちが誘導にかり出されることを余儀なくされている。

國吉《くによし》まどかは友人とその行列に並んでいた。

まどかは室田署刑事課に所属する刑事だが、今日は非番である。ちなみに昨日の昼は行列の誘導に当たらされていた。

友人の佐倉綾香《さくらあやか》も同じ警察官で、今は世田谷北署刑事課に所属している。「今は」というのはもともと警視庁捜査一課、いわゆる本庁の捜査員だったが、張り込み中に居眠りを決めて、そのことで犯人を取り逃がしてしまい所轄に左遷されたというわけである。

先日もまどかの企画主催で慰め会という名の女子会（全員刑事）を盛大に開いた。そんな佐倉もたまたま本日非番だというので、まどかが声をかけてランチに誘ったという次第だ。

十一時から並んだが、すでに行列はできあがっていた。

一巡目には届かず、二巡目を待つしかなかった。

しかし後ろを見ると行列は駐車場のずっと奥まで続いているようだ。

「すごい人気ね」

佐倉がため息をついた。

年齢はまどかより一つ上だが警察学校の同期で、そこで知り合った。

それからときどき顔を合わせては食べたり飲んだり、仕事の愚痴をこぼしたりしている。

もちろん恋バナも。

合コンも一緒に行ったことがある。

そこそこ美形で、優秀なのに張り込みで居眠りをしてしまうという抜けたところが気に入っている。

佐倉は佐倉でまどかのグルメ情報に期待しているようだ。そんなつき合いが続いて、今では互いに一番の刑事友達と認め合っている。

「すごいでしょ」

まどかは誇ることでないのに胸を張った。

「サツ食に行列ができるなんて聞いたことがないよ。安いならともかく外の店に比べても割高なんでしょう」

「うん、最低でも千円ね」

「千円って……ますますサッ食とは言えないわよ。いくら行列ができる店でも毎日となると辛《つら》いなあ」

佐倉もまどかも同期なので給料はほぼ同じである。

生活に困るということはないが、それでも贅沢《ぜいたく》ができるわけではない。ただでさえまどかはエンゲル係数が高いのだ。

「私も毎日は無理だよ。だから自分にご褒美をあげたくなったときだけ」

「そんなこと言ってご褒美ばかりあげてんじゃん」

「アハハハ、バレたか。でもさすがに毎日はないよ。それに最近は行列がすごくて入れないもの」

「こんなんじゃたしかにそうね。東京ディズニーランドの人気アトラクションじゃないんだからさ」

「最後尾に九十分待ちの立て札を立てちゃいたいわね」

「ところでエニグマのやつ、遅いわねえ」

佐倉が腕時計を見た。

エニグマとは江仁熊氷見子《えにぐまひみこ》のニックネームで彼女も本庁捜査一課の女刑事だ。まどかはスマートフォンを取り出した。

「殺しが入っちゃったってさ」

ＳＮＳのまどか宛《あて》のメッセージを佐倉に見せる。そこにはランチには行けなくなったと詫《わ》びの文章が表示されていた。

「まあ、捜査一課だからしょうがないわねえ」

「あなたも戻りたいんじゃないの」

まどかは意地悪に言ってみた。

「べ、別にぃ……所轄も居心地がいいよ」

「強がっちゃって」

まどかは相手の腕に肘《ひじ》をぶつけた。

「ま、まあ、ちょっとは未練があるけどさ。捜査で忙殺されて自分の時間が持てないのは辛いよ」

佐倉が肩をすぼめる。

「たしかに所轄に左遷されてからつき合いが妙によくなったもんね」

本庁時代の彼女はエニグマと同じようにドタキャンが多かった。激務のせいか当時は顔立ちも今よりほっそりとしていた。そのことは彼女も気にしているようだ。それでも充分にチャーミングである。貧乳ではあるが。

「左遷なんかじゃないわよ。出向よ、出向」

「片道切符のね」

「だから違うってば。今のところで結果を出せば復帰させてくれるって係長も約束してくれたもん」

佐倉は自分に言い聞かせるように言った。

本庁捜査一課といえば殺人や放火など凶悪犯罪に特化した部署で、ひとたび事件が起これば彼らは事件の発生地を管轄する所轄署にやって来る。そこで捜査本部が立てられるわけだが、捜査の主導権を握るのはやはり彼らであり、まどかたち所轄の刑事はサポート役に徹することになる。捜査一課配属は多くの場合、所轄刑事課の刑事にとって憧《あこが》れでもあるはずだ。

「私は本庁配属は遠慮するわ」

「本庁にはランチ課なんてないからね」

「辛いのは嫌。仕事は楽しくないとね」

それはまどかの本音だ。

所轄とはいえど刑事課の仕事は決して楽しいものではない。

最近は老人の孤独死が多くて、月に何回かは彼らの亡骸《なきがら》に対面しなければならない。それらは多くの場合、原形を留《とど》めていないのだ。

思い出すだけで食欲がなくな……らないかな。ランチには影響ない程度には慣れたと言っておこう。

それでも身がすくむような凶悪犯罪ばかりを扱う本庁と違って、所轄はどちらかといえば喧嘩《けんか》や暴行などの小さなトラブル案件が多い。それだけにプレッシャーが本庁と比べれば段違いに低い。

そして佐倉の言うとおり、まどかにとってなにより重要なのはランチだ。室田署の管轄区域はランチの名店が多い。

正直言ってここを離れたくない。

「室田署の地下にこんなお店を引き寄せるなんて、さすがは警視庁随一のランチ刑事《デカ》と呼ばれるだけあるわ」

佐倉は半ば感心した口調だ。

ランチ刑事。

上司や同僚にもよく言われるし、彼らも昼になるとまどかのところにグルメ情報を尋ねにやって来る。

まどかの脳内には都内ランチ店のデータベースが構築されているのだ。

そして分厚い財布の中には現金ではなく、クーポン券やサービス券が詰め込まれている。

「私たちはランチのために生きてるの。ランチを楽しめなくなったら人間おしまいよ。ランチを楽しむ機会を奪われるくらいなら警察官なんて辞めてやるわ」

まどかは力強く宣言した。

佐倉は目を丸くしているが、本心も本心だ。

それだけにランチにはうるさい。

体と精神の成分の大部分はランチで成り立っている……とまどかは自認している。

「ランチもまどかに食べられるなら本望ね」

た。

「私に食べられないランチは嫉妬《しっと》するわ」

「あははは、なによ、それ。意味分かんない」

そんな会話をしながら笑っていたら、「よう」と長身でスーツ姿の男性が声をかけてき
た。

「あ、高橋《たかはし》さん」

「いやあ、俺の順番取ってくれてありがとうな」

そう言って男性が割り込んできた。

「ちょ、ちょっと。横入りはまずいでしょう」

まどかは声を潜めた。

後ろの客の訝《いぶか》しげな視線が気になる。

「お友達が一人欠席したんだろう。だったらいいじゃないか」

「いつから私たちの話を盗み聞きしていたんですか」

「ちょっと前からだ。職業病だよな」

男性は「すいませんね」と言いながらまどかの隣に並んだ。

「佐倉、紹介するね。こちらは私と同じ刑事課の高橋竜太郎《りゅうたろう》巡査部長」

「ども、國吉の相棒です」

高橋は佐倉に向かってサッと敬礼をした。

「初めまして、佐倉綾香です。まどかの相棒ってこんなイケメンさんだったのね。羨《うらや》まし

いわ」

彼女は本当に羨ましそうだった。

「イケメンだけが取り柄だけどね」

「ちょっと待て、そんな言い方はないだろう。室田署のダーティハリー、頼れる独身刑事ということでよろしく」

高橋は今度は二本指でちゃっと敬礼をする。

佐倉の前で軽妙洒脱《けいみようしやだつ》を気取っているのだろうけど、むしろ軽薄だ。

――そもそもどこがダーティハリーなのよ。

心の中でツッコミを入れながら佐倉を見ると、彼女は愉快そうに笑っている。

あれ？　もしかして彼のことがお気に入り？

まあ、女性からすれば高橋の第一印象は悪くないだろう。

まどかも高橋との初対面のとき、ラッキーと心の中で快哉《かいさい》を叫んだことを思い出した。そりゃあ、いかつい強面よりスマートでシャープに整った顔立ちの男性のほうがいいに決まってる。

佐倉は高橋に自己紹介を始めた。

その最中に順番が回ってきた。佐倉は中断してまどかたちと一緒に「ティファニー」のロゴシールが貼《は》られた扉をくぐった。こちらのロゴシールもまるで色気がないデザインだ。

室田署のエントランスホールには地下に通ずる階段がある。

その降り口に電飾のスタンド看板が置いてある。

そこには味気ないフォントで「警察食堂ティファニー」と打たれていて矢印が地下の方向を指している。

店名の由来を聞いたことはないが、おそらくオードリー・ヘップバーン主演の映画『ティファニーで朝食を』にかけてあるのだろう。

ランチだから『ティファニーで昼食を』であるが。子供のころ、この映画のおかげでティファニーのことをレストランだと思い込んでいた。それがアクセサリーのブランドだと知ったのは高校生になってからだ。

それはともかくこの店舗は以前「ムロタ」という地名を店名にした食堂だった。

値段は安いのだが料理のクオリティもそれなりでしかなく、まどかもあまり利用したことがなかった。また他の署員たちの評判も芳しくないようで、いつ立ち寄っても閑古鳥《かんこどり》が鳴くほどでないにしても、まばらな客入りだった。市民の姿はほとんど見かけなかった。

そのムロタが閉店して、それから間もなく開店したのがティファニーというわけだ。

そしてこの行列をなしているのはティファニーの客たちである。

開店当初はさほど客入りがよかったわけではない。

しかし著名な料理評論家である笹塚明仁《ささづかあきひと》が雑誌の記事でティファニーを紹介したことをきっかけにブレイクした。

インターネットの時代とはいえ紙メディアの力はまだまだ侮れない。

「ねえ、この店のどこがティファニーなの？」

店内を一瞥《いちべつ》したあとの佐倉の開口一番がこれだ。

やはり彼女もヘップバーンの映画をイメージしていたようだ。

彼女がそう思うのも無理はない。内装はムロタ時代とほぼ同じ。地下だから窓もなく、壁はところどころ黒ずんでいる。

気の利いた装飾やインテリアなど皆無で、テーブルは会議室で使われるような折りたたみ式の長テーブル、椅子はリサイクルショップから調達してきたような、面白味が微塵《みじん》も感じられないデザインの丸椅子だ。

それらのデザインに統一性はなく、テーブルにはクロスも掛けられていないし花一輪もない。

壁に掲げられたメニュー表も大きめの模造紙に、お世辞にも達筆とはいえない、むしろ投げやりな筆致で黒マジックペンによっていくつかのメニューと価格が書き込まれている。

天井の蛍光灯も消耗しているようで、明かりが部屋全体に充分に届かず隅のほうは陰気に薄暗い。一番奥の蛍光管に至っては点滅している始末である。

店内は殺風景で味気なく、長時間待った客をもてなそうというホスピタリティ精神はみじんも感じられない。

しかしまどかはこの店に佐倉とエニグマを誘った。彼女たちはまどかのグルメ情報には絶大な信頼を置いている。

「まさかこんな取調室みたいな雰囲気の店だなんて思わなかったわ」

佐倉は少々失望した様子だ。それは正常な反応だろう。

「まあまあ、佐倉さん。この店はね、インテリアなんて関係ないから。あ、サービスも最低だからね」

券売機の前に立った高橋が振り返って彼女に言った。

「は、はあ……」

彼女も怪訝《けげん》そうな顔でうなずく。

「さあて、今日はなににしよっかな」

高橋はメニューの書かれたボタン一つひとつに目を通していく。メニューを徐々に増やしているようで先日まで空欄だったボタンには新メニューが入っていた。

「ホントだ。高いよね」

価格はいずれも千円超え。高いものだと三千円近くである。それも消費税抜きである。表示価格は九百円台前半でも実際の支払いは千円を超える。これがボディブローのようにじわりと効いてくる。税金を上げることしか考えない官僚や政治家が憎らしく思えてくる。

「ここはやっぱり生姜《しょうが》焼き定食かなあ」

「高橋さん、好きですねぇ」

彼は先日も同じメニューを選んでいた。その前もだ。

「ここの生姜焼きはもはや神の領域だからな」

「そこまで言いますか」

佐倉が驚いたように口をすぼめた。

「おっと、『ここの生姜焼きを舐《な》めんなよ』と言いたい。ああ、だけど、佐倉さんの前であんなマネはしたくないなあ」

「あんなマネ?」

佐倉が高橋に聞き返した。彼はそれには答えず苦笑している。

「大丈夫ですよ、佐倉だって同じですから」

「そうだな」

まどかと目を合わせてニヤリとした。

「二人してなに通じ合ってるんですか⁉」

佐倉が眉《まゆ》をひそめた。

「まあまあ、佐倉。お客さんたちを見れば私たちの言っていることが分かるかも」

「お客さんたち?」

佐倉は食事をしている客たちを見回すと気圧《けお》されたように後ずさった。

「な、なんなのよ……この人たち」

彼女は声を震わせている。たしかに彼女は他の店ではあり得ないような光景を目にしている。もっともまどかや高橋は見慣れている。しかし初めて見たときは、目を疑った。

客たちは食事をしていた。

問題はその食べ方だ。

彼らは理性を失っていた。

ある者はソースを指ですくってその指が溶けてしまいそうな勢いでチュバチュバと音を立てながら舐めている。

ある者は肉を手づかみにして野獣のようにかじりついていた。

そしてティファニーの名物となっている皿舐めである。多くの客たちは一心不乱に皿を舐め回していた。

ソースのしずくを惜しむように、その皿を洗わなくてもすむレベルでピカピカになるまで舐めていた。

彼らの表情はまるでなにかに取り憑《つ》かれているようだ。

同行者と会話をすることなくただひたすらに食事に「集中」している。

中には食事マナーを守っている者もいるが、その姿はギリギリのところで欲望を抑え込んでいるように見える。

食券を買い求めたまどかたちは空いたテーブルについた。まどかと佐倉は隣り合って座る。高橋は佐倉と向き合っている。

「お水持ってきますね」

気を利かせた佐倉が席を立つと、セルフサービスのお冷やを人数分運んできてくれた。

まどかと高橋は礼を言ってコップを受け取る。

「お二人はなにを選んだんだ?」

高橋がまどかたちの食券を覗《のぞ》き込んだ。

手のひらに載った食券にはメニューと価格が印字されている。やろうと思えば偽造できそうだ。もっともここは警察署内だ。見つかれば即逮捕である。

まどかは鶏《とり》の唐揚げ定食(千九百円・税抜き価格)、そして佐倉はポークソテー定食(千八百五十円・税抜き価格)を選んだ。

白衣姿の若い店員に食券を渡す。彼はそれを受け取ると厨房《ちゅうぼう》に向かった。

その厨房にはひときわ人目を惹《ひ》く体型の男性が調理をしていた。

コックコートに背の高いコック帽。コックコートは特注品だろう。それほどまでに巨漢だった。大人が余裕を持ってすれ違うことができるキッチン台で挟まれた通路に彼一人の体がギリギリで収まっていた。顎《あご》周りの肉で首が見えなくなっている。

もはや肥満とかメタボを超えた体格である。

「まるでヒッチコック監督みたい」

男性の存在に気づいた佐倉がポツリとつぶやいた。

なにを隠そう、初めて彼を見たときまどかも同じことを思った。

アルフレッド・ヒッチコック監督。

『サイコ』『めまい』『鳥』『北北西に進路を取れ』などで有名な、サスペンス映画史に残る巨匠である。今では古典に入る作品だが、まどかもいくつか観《み》たことがある。

男の横顔の輪郭がそのヒッチコックにそっくりなのだ。

彼の名前は古着屋護《ふるぎやまもる》。

料理評論家の笹塚も注目している料理人だ。

「彼は料理界のヒッチコックですよ」

高橋が佐倉にそっと告げる。

その呼び名が適切かどうかピンと来ないが、佐倉はゆっくりとうなずいている。客たちの異様な様子からヒッチコック作品で描かれる狂気に通ずるものを感じたのだろう。

「今日も笹塚さん、来てますね」

まどかは離れたテーブルを指さした。

彼も他の客たちと同様、皿を舐めている。まどかたちには気づいていないようだ。

「すっかり古着屋さんにのめり込んでいるな」

高橋が苦笑いを向けた。

「ああ、『鉄人シェフ』に出ていた人ね。懐かしいわ」

佐倉も彼のことを知っているようだ。

『鉄人シェフ』は五年ほど前に放映されていたテレビ番組だ。腕に覚えのある料理人たちが対決するという内容で人気の番組だったが、視聴率が振るわなくなり打ち切りとなった。

勝負を判定する審査員の中に笹塚がいたというわけだ。

「あの笹塚さんですら古着屋さんのことを知らなかったみたいなんだ」

「あの『エル・ブリ』の元スタッフじゃないかって言ってましたね」

まどかは先日の笹塚との会話を思い出した。

エル・ブリはスペインの世界一予約が取れないと言われたミシュランの三つ星レストランだ。一日五十席を求めて世界中から予約が殺到していたという。その店も二〇一一年に閉店している。まさに幻の名店だ。

まどかも一度でいいから訪れてみたいと思っていたが、今となってはその夢も叶《かな》わない。閉店していなかったにしてもスーパーセレブでもない限り、予約は取れないだろう。

「とにかく素性不明、謎《なぞ》の多い料理人だよ」

「へぇ～」

佐倉はエイリアンを見るような目を古着屋に向けていた。

本人はそんなことを気にかけることもない様子で調理に集中している。

「とりあえず料理が出てくるまでには少し時間がかかりそうね」

まどかは今一度、店内を見回しながら言った。

店内はもちろん満席である。料理待ちの客も多い。

まどかたちの順番が回ってくるまでにはもうしばらくかかりそうだ。

「ところで佐倉の近況はどうなの」

まどかは佐倉に向き直った。

「どうって、別になんにもないわよ」

彼女は肩をすくめた。

「彼氏とかできないの」

「全然。男っ気ナッシングよ」

「へえ、佐倉さんみたいにかわいい女性に？」

高橋が嬉《うれ》しそうに言った。

彼も佐倉のことを気に入っているようだ。

美男美女、お似合いのカップルだと思う。

しかし相棒が友人とくっつくことを考えると複雑な思いである。

なにかとやりにくそう……。

とりあえずそのことには触れないでおこう。

「そう言えば犬の訓練士の人とはどうなったの」

まどかが尋ねると「誰だよそれ」と高橋の不安そうな声が割り込んできた。

「ああ、メグレちゃんのね。彼とはなんにもないわ。そもそも年下だし」

佐倉は首をフルフルと横に振った。

「メグレってトイプー警察犬だろ」

高橋が指を鳴らした。

メグレは警視庁初のトイプードル警察犬である。

室田署の玄関にも犬のポスターが大きく掲げられている。ぬいぐるみのようなキュートな姿にほっこりと和んでしまう。警察の広報活動の一環として、各地でイベントが開催されていて盛況らしい。まどかも実物に会ってみたいと思っている。

その訓練士の青年の話をこの前の女子会で聞いた。まどかもネットのニュース記事で彼の写真を見たことがある。クールで気難しそうな印象を受けるが端整な顔立ちの青年だった。

しかし佐倉の彼に対する評価はさほど高くないようだった。見た目以上にぶっきらぼうでとっつきにくいらしい。そもそも先方も佐倉を恋愛対象としてまったく見ていないと言っていた。

佐倉自身は少しは気になっているのではないかと思うのだけど。

彼が調教するメグレにはなんでも不思議な能力があるようで、いくつかの事件を解決に導いているらしいが、それはまた別の話である。

「まどかはどうなの」

佐倉は質問をまどかに振った。

「あ、こいつはダメダメ。二十四時間営業の男日照りですよ」

代わりに高橋が愉快そうに手を振りながら答えた。

「ちょ、ちょっと！　二十四時間なんてことはないですよ！」

「ほぉ、男日照りじゃない時間があるのか」

「こう見えても、そこそこモテますから。この前も電車で痴漢にあったばかりです」

すぐに捕まえてやろうと思ったが、人ごみに紛れて逃げられてしまった。

「男日照りも末期ね」

佐倉が同情するように言った。

ささやかな抵抗を試みたが、男日照りは認めるしかない。

「高橋さんはどうなんですか」

佐倉が高橋に向き直って尋ねた。

「女日照りじゃなきゃ、こんなところにいないわよ」

まどかは口を挟んだ。

「失敬な。ランチはお前とするって決めてるんだ」

高橋がまどかを顎で指す。

「それは光栄です、と言いたいところですが、どうせ私のランチ情報とクーポンが目当てなんでしょう」

「決まってるだろう。それ以外になにがあるってんだ」

彼は悪びれる様子もなく言った。まるでヒモみたいな発言だ。

「いつも一緒なんだからランチくらい離れてもいいんじゃないですか」

「切ないこと言うなよ。俺たちは相棒なんだぞ。一心同体だろ」

「うわあ、体がむずむずする」

まどかは腕を服の上から掻《か》きむしる仕草をした。

佐倉もケラケラと笑っている。

「二人ともお似合いよ。実生活でも相棒になっちゃえばいいのに」

彼女は愉快そうに言った。

他人にはそう見えるのだろうか。思えば、刑事課の上司たちも似たようなことを言っていた。

「止《や》めてよ。少なくともパートナーに刑事なんてごめんだわ」

まどかは水を口に含んだ。

「だよな……」

高橋も神妙な顔でここだけは否定しない。

「仕事でも家に帰っても事件の話題なんて嫌ですよね」

佐倉もうんうんとうなずきながら同意している。

「ふう～」

三人は同時にため息をついた。

それは刑事課の刑事の共通認識なのだ。

「ただでさえ生活が不規則になるから絶対にすれ違うでしょうしね」

「離婚した先輩多いよなあ」

高橋が後頭部に両手を置いて天井を見上げた。

「捜査一課時代は多かったですよ。帳場（捜査本部）が立つと何日も帰れないことがありますからね」

　佐倉が遠い目をしている。それでも彼女は本庁に復帰することを希望しているはずだ。ストレスは大きいがそれだけやりがいを感じていたのだろう。

　私はどうなんだろう……。

　まどかの祖父は警察官だった。

　制服がかっこいいと幼少のころから憧れていた。また刑事ドラマも大好きでよく観ていた。男子たちとまじって刑事ごっこで遊んでいたこともあり、正義感や責任感だけは人一倍強い子供だった。大学に入っても将来はお金より正義のために働きたいと強く思うようになった。そんなまどかは必然的に警察の道を選んだ。銀行員の父親は危険だからと反対したが、最終的には娘の熱意を受け入れた。そのころには病床にあった祖父は孫の制服姿を目にすると静かに息を引き取った。

　しかし現実は正義感だけで務まるほど甘い職場ではなかった。

　惨《むご》たらしい死体を目にすることはもちろん、犯罪者の深い心の闇に触れることも多く、思った以上のストレスだった。

　現場から逃げ出したいと思うことも多々あって、自分は警察官に向いていないのではないかと感じることもしばしばだ。辞めたいと母親に愚痴をぶつけたこともある。

　それでも自分の決めたことだからとなんとかここまでやって来ている。それには上司や同僚たちに恵まれたということもあるかもしれない。

まどかは相棒をそっと見た。

高橋は楽しそうに佐倉と恋愛について語っている。

「お待ちどおさまです」

先ほどの白衣姿の店員が料理を運んできた。

「う、うん、美味《おい》しそう……だね」

テーブルの上の料理を眺めながら佐倉はたどたどしくうなずいた。

彼女はポークソテー定食だ。

「佐倉、正直に言っていいんだよ。高いくせに普通のポークソテーじゃんって」

まどかは彼女の腕に肩をぶつけた。

「高いくせに普通のポークソテーじゃん」

佐倉は苦笑しながらそのまま台詞《せりふ》を引用した。

「だよね。どう見ても普通以外のなにものでもないな」

高橋もうんうんとうなずいた。

高橋の生姜焼き定食もまどかの鶏の唐揚げ定食も見た目はごくごく普通だ。盛りつけが優れているようには見えない。プラスティック製の食器のせいでむしろ安っぽく見える。見栄えはここ界隈《かいわい》にいくつかある定食屋のほうがずっとずっと勝っている。

「この量でこの値段はやっぱりちょっと高いかな……」

佐倉は顔に戸惑いを浮かべていた。「なんでこんな店に連れてきたの」と言わんばかりだ。

「まあ、とりあえずいただきます」

高橋はニヤニヤした顔を佐倉に向けながら手を合わせた。

まどかも佐倉も彼に倣う。

まどかは箸《はし》の先をキツネ色した唐揚げに当ててみた。

サクッとした感触とともに切れ目からフワリとした湯気のあとに肉汁と脂がジワリとあふれてくる。箸で簡単に二つに割ることができるほどに柔らかい。肉の断面はほんのりとしたピンク色がわずかに残っていた。

まどかは半分になった唐揚げを口の中に運んだ。

そしてゆっくりと噛《か》みしめてみる。

サクリとした衣の絶妙な歯触りと一緒に肉の旨味《うまみ》が口の中に広がった。

そして熱い。熱い。

ハフハフさせると口から湯気が吹き出た。

そのままご飯を口の中に放《ほう》り込む。

「美味しいっ！」

声を上げたのはまどかではなく、佐倉だった。

「な、なんなの、これ……」

彼女は目を見開いて料理を見つめている。

高橋が口をモゴモゴと動かしながら嬉しそうに佐倉を見ていた。彼はもう料理の半分以上を腹の中に収めていた。たいした勢いである。

「すごいでしょう」

声をかけると佐倉はサッとまどかに向いた。

「すごいなんてもんじゃないわ。ミラクルよ!」

その眼差《まなざ》しは真剣そのものだ。

「そんなに気に入ったんだ」

まどかは肉汁で濡《ぬ》れた唇をナプキンで拭《ぬぐ》いながら言った。ナプキンに付着した汁すら惜しく感じてしまう。

佐倉は気を落ち着かせるように水を口に含んでいる。そんな彼女を見ながら高橋は相変わらずニヤニヤしていた。

「気に入ったどころじゃないよ。まるで料理が私の味覚に総攻撃をしかけてきているよう。私の味覚のツボをすべて押さえているみたい。それにこのご飯とお味噌《みそ》汁。なんだかよく分からないけど口にするだけで心が安らぐの」

それから彼女は次々と料理を口に運んだ。

ポークソテーはあっという間に皿の上から消えてしまった。彼女はたっぷりと残っているソースを指ですくってじっと見つめている。

「佐倉、ここでは遠慮しなくていいんだよ」

まどかは優しく言った。

まどかも高橋もメインはほとんど平らげている。

ティファニーの料理は上品にゆったりなんて許してくれない。

気がつけば恥も外聞もなくがっついているのだ。

料理もさることながらご飯も汁物も絶品だ。

特にご飯の柔らかさと温度はまどかの好みのど真ん中といえる。

これ以上、熱くなったり冷たくなったり、そして柔らかくなったり硬くなったりしてもダメなのだ。

味はもちろん、歯触りや温度まで含めた食感がツボ中のツボである。

「だ、だけど……」

佐倉は躊躇《ちゅうちょ》している。

無理もない。初心者の戸惑いだ。

まどかも高橋も最初はそうだったことを思い出す。でもここは本能が理性を超えてしまう食堂だ。

「それではお先に」

高橋が皿を持ち上げた。そしていつものように舐め始めた。

「私も」

まどかも続く。

「ちょ、ちょっと二人とも！」
佐倉は困惑した様子だが気にしない。
この味にいつまでも寄り添っていたい。
美味しいとはあらゆる感覚の集大成なのだと思う。
皿に付着したソース、ドレッシング、エキスなどなど。
それらが混ざり合い、舐めるたびに舌のツボを刺激してくる。
まるで激しい性欲に支配されたように、その欲望に抗《あらが》えない。
そうこうするうちに周囲の音が聞こえなくなる。
料理しか目に入らなくなる。
食べることだけにすべての感覚が持って行かれてしまう。
いつの間にか佐倉もまどかたちに倣っていた。
指についたソースを舐め終わると皿に移っていた。
その表情はなにかに取り憑かれているように見える。
瞳《ひとみ》は飢えた狩猟者のようにギラついている。
彼女とのつき合いは警察学校以来だが、こんな姿を見たことがない。
もっとも自分についても言えることだが。
こんな姿を見せられるのは気心知れた家族や友人、そして相棒くらいだろう。
そういう意味で高橋はまどかのことを女として見ていないのかもしれない。それを思うと少し淋《さび》しい気もするが、自分も似たようなものだと気を取り直した。

「ああ、なんてこと……」

佐倉が顔を手のひらで覆っている。指の隙間《すきま》から見える頰《ほお》はピンク色に染まっていた。

「どうしたの」

「もうお嫁に行けないよ」

まどかは高橋と顔を見合わせた。

彼は吹き出しそうになるのをこらえている。

まどかも同様だ。

「だったらもうこの店には来られないね」

「そ、そんなぁ……」

佐倉は顔から手を離すと眉を八の字にして情けない声を出した。

「そういう佐倉さんも充分にチャーミングだよ。俺はお上品に気取るよりも美味しそうに食べる女性が好きだね」

「ほ、本当ですか」

高橋は大きくうなずいた。

まどかも同感だ。

美味しいものは美味しく食べてほしい。

さすがに皿を舐めるのは行き過ぎだと思うけど。

「ここは特別な食堂なの」

まどかが言うと佐倉は厨房のほうに視線を移した。

そこでは古着屋が淡々と調理を続けている。

その仕事ぶりも見た感じではいたって普通だ。動きが優雅とか手さばきが神がかっているようにも見えない。

目立つのはその巨漢ぶりである。

「彼は絶対食感の持ち主ね」

「絶対食感？　絶対音感なら知ってるけど」

佐倉は両目を、ぱちくりさせた。

「絶対音感を持つ人は音やメロディを一度聴くだけでそれを楽譜にできるというでしょ。絶対食感はそれの味覚版よ」

「つまりどういうこと」

「一度、口にした料理のレシピと使われた調味料などの分量や配合を言い当てることができる。もちろん隠し味もね。そしてその味を絶対に忘れない。それが絶対食感」

以前は「絶対味覚」と呼んでいたけど、「絶対食感」のほうが音感がいい。そんな言葉が一般的に使われているのかは知らない。しかしまどかはそう呼んでいた。

「なるほど。グルメものの映画やドラマに出てきそうね」

実際、映画やドラマのような出来事をあのコックは起こしている。

「さらに彼はそれを完璧《かんぺき》に再現する技術を持っているわ」

「彼ほどの腕前ならうなずけるわ。絶対食感かぁ。面白いわね」

佐倉は感心するように言った。

「でもそれだけじゃない。あのコックはちょっと不思議な力を持っているの」

「なんなの」

「佐倉、この前、犯人臭気とか言ってたよね」

「うん、メグレちゃんの能力ね」

トイプー警察犬のメグレは臭《にお》いだけで犯人を当ててしまう力を持っていると言っていた。普通の警察犬は現場に残された遺留品の臭気から、それを手にした者まで導いていく。しかしその者が必ずしも犯人とは限らない。たまたま手にしただけかもしれないのだ。しかしメグレは現場の臭気からハンドラーを犯人に導いていくという。

「犯人には独特の臭いがあるのね。罪を犯したという罪悪感や、警察に捕まるかもしれないという焦燥感、そして殺意や悪意。メグレちゃんはそれらの臭いを嗅《か》ぎ分けることができると思うの。そうじゃなきゃ、超能力だわ」

佐倉は人差し指を立てながら言った。

どちらにしても不思議な能力だ。

「古着屋さんはそれに似た能力を持っていると思う。共感覚というのかな」

「共感覚！　実は私もメグレちゃんは共感覚の持ち主ではないかと思っているの」

佐倉が瞳を輝かせた。

共感覚とはある刺激に対して通常の感覚以外に別の種類の感覚でも知覚する現象である。たとえば「真っ赤なリンゴ」を前にすれば、通常は視覚的に赤い球体と認知するだろうし、嗅覚《きゅうかく》は甘い香りを知覚するだろう。しかし共感覚の持ち主はそれを聴覚でも認知したりする。例えば、真っ赤なリンゴを前にするとメロディが聞こえてくるのだ。

中には相手の感情を色で認知するケースもあるという。

まどかの従姉妹《いとこ》は他人の嘘《うそ》を一発で見破ることができる。嘘をついた人間の背後がぼんやりと赤く見えるという。従姉妹はそのことで精神科に通院している。他人とのコミュニケーションに支障が出てしまうからだ。

また共感覚保持者の中には他人の触感を自分の感覚とする症例報告があるという。いわゆるミラータッチ共感覚だ。他人の感覚を共有する能力である。

「古着屋さんは味覚のミラータッチ共感覚じゃないかと思うの」

「つまり他人の味覚を自分のものとして感じるということね」

まどかは大きく首肯した。彼の能力によって解決した数々の事件を説明すると、佐倉は興味深そうに耳を傾けていた。

「古着屋さんが共感覚保持者だと解釈すると、彼の不思議な能力に説明がつくの」

まどかは厨房に目をやった。

古着屋は相変わらず淡々と仕事をしている。

表情を見てもまるで感情が窺《うかが》えない。

顔面につきすぎた肉が彼の表情を殺しているようにも思える。

ダイエットして標準体型になった彼の姿がまったくイメージできない。

「彼は私の味覚のツボまで感じ取っているのかしら。あの料理は私の味覚のすべてを知り尽くしていたといっても過言じゃないわ」

「きっとあなたの味覚の記憶まで感じ取っているのよ」

「味覚の記憶？」

「そう。あなたが今まで味わってきた数々の味覚よ。不味《まず》い、美味《うま》い、だけじゃなくて懐かしい味までもね」

「ま、まさか……あっ！」

そこで佐倉はパンと手をはたいた。

「どうしたの」

「ご飯とお味噌汁……妙に心が安らぐと思っていたけど、もしかして」

佐倉の瞳がうっすらと充血した。

「なにか思い出したのね」

「ほんのりとした記憶しかないんだけど、おばあちゃんよ」

「佐倉、おばあちゃんいたっけ」

佐倉からは祖父母はいないと聞いていたが。

「おばあちゃんはずうっと昔に亡くなったわ。私は小さかったからほとんど記憶がないの。でもこのご飯とお味噌汁はおばあちゃんが作ってくれたものだと思う。なんだか懐かしい、ホッとする味だったの」

彼女は目元をそっと拭った。

それでも涙があふれてくる。

まどかはハンカチを差し出した。

「小さいころの私はおばあちゃんが大好きでいつもまとわりついていたそうよ。おばあちゃんのぬくもりや匂《にお》いをなんとなく覚えてるけど、顔や声は忘れちゃってる。ごめんね、おばあちゃん」

彼女はそこにおばあちゃんがいるように虚空を見上げて謝った。

「あのコックめ。百貫デブのくせに女性を泣かせやがって」

高橋は恨めしそうに古着屋を見た。

彼は物心つく前の佐倉の舌の記憶を読み取ったのだろう。

そしてそのレシピを完璧に再現したに違いない。

今までにも何度もそれを見せつけられてきた。

「まさかここの料理で泣かされるなんて夢にも思わなかったわ」

佐倉はハンカチで目元を拭うと穏やかに微笑《ほほえ》んだ。

「なんだか悪かったね。誘ったのは私だし」

まどかもこんなことになるとは思っていなかった。

料理で女を泣かせるなんてひどいよ、古着屋さん。

心の中で彼を非難する。

しかし佐倉は首を横に振った。

「ううん、そんなことないよ。むしろあなたにもあのコックさんにも感謝してる。ずっと忘れていたおばあちゃんのことを思い出させてくれたんだもの。おばあちゃんは私のことを大切に愛してくれていたわ。そのことをいま、はっきりと思い出したよ」

彼女はにっこりと微笑んだ。

いつの間にか涙は乾いていた。

まどかは少しだけ安堵《あんど》する。

「それにしても人間ってすごいな。物心つく前の感覚も記憶してるんだから」

高橋が感嘆する。まどかも同感だ。人の感覚や記憶って本当にすごいと思う。

「デジャブってあるじゃないですか。初めて訪れた場所なのにここに来たことがあるぞっていうあの感覚」

「俺もあったな。そういうこと」

高橋が同調した。

多くの人たちが経験していることだろう。

「あれも前世の記憶だと言われてますよ」

それについてはインターネットのスピリチュアル系の記事で読んだ。

「物心つく前のさらに前かよ」

「前世があれば、きっと当時の感覚の記憶が残っているんですよ」

「ぶっちゃけオカルトだな」

「そうですかねぇ。単に科学的に解明されてないことがオカルトと呼ばれるだけです。だからって捜査に採用されないのはおかしいですよ」

「だからそういうことを捜査会議で言うんじゃないぞ」

高橋は念を押すように人差し指を向けながら言った。

「まどかって変わらないね」

佐倉がケラケラと笑い出した。

「だって不思議を科学で否定したら夢がないじゃない。幽霊や宇宙人が本当に存在しない世界なんてつまらないわ」

「そうだけどさぁ」

「こいつ、昔からこうなんですね」

高橋は呆《あき》れ顔だ。

四月二十日。

まどかは時計を見た。十二時半を回っている。

「あと二組かぁ。間に合うかな」

高橋が前の客を恨めしそうに眺めながら言った。まどかたちの後ろにも客が十人ほど並んでいる。

「なんとかギリギリじゃないですかね」

「本庁さんが来る大事な会議だからな。遅れるわけにはいかないぞ」

十三時半に署での会議が入っていて、まどかも高橋も出席しなければならない。課長からくれぐれも遅刻しないようにと釘《くぎ》を刺されている。

「どうします？　今日は諦《あきら》めますか」

「三十分も並んだのにか……」

「私も諦めがつきませんよ」

まどかは口調を強めた。

ランチと会議、どちらが大事か。もちろん言うまでもない。

「同感だ。前々から気になっていた店なんだよな」

相棒が堅物でなくて本当によかった。課長だったら絶対に認めないだろう。

「私もですよ。うちから遠いしいつも行列だし、なかなかありつけないですよね」

「カンボジア料理なんて珍しいからな」

まどかたちが並んでいるのは「カンプチャ」というカンボジア料理店である。室田署から少し離れていて、さらに最寄り駅からも徒歩にして二十分以上かかる立地とあってなかなか立ち寄る機会に恵まれなかった。昔からある老舗店で、味とコスパの良さはもちろん、カンボジア料理という珍しさからいつも客足が絶えることがない。仕事で近隣に立ち寄ったとき必ず覗いてみるがそのたびに長蛇の列で諦めていたのだ。しかし今日は行列はできていたが、前ほどではなかったので思い切って並ぶことにしたというわけである。

「アジア系の人も多いな」

高橋が窓から店の中を覗き込んだ。

「なんでもカンボジア南部の郷土料理を忠実に再現しているらしいですよ」

「つまりかなりマニアックな店ということか」

「らしいですね。もちろん日本人向けに味つけをアレンジした料理もあるそうですけど、現地の人たちはやっぱり現地の味を求めるんじゃないですかね。現地メニューもあるみたいですよ」

この店のことはインターネットの有名グルメサイト「食べファイル」でチェックしてある。このサイトでは店のプロフィールやメニューはもちろん、客たちの採点やレビューも掲載されている。客たちのカンプチャの評価は極めて高い。調味料なども現地から取り寄せているらしい。

「現地か……そもそもカンボジアなんて言われてもアンコールワットくらいしか知らないんだよな」

「世界遺産ですよね。アンコール遺跡はすっごく広いらしいですよ。なんでも名古屋市より広いとか」

その広大な土地に大小六百ほどの遺跡が点在しているという。

「そんなにあんのか⁉　一日じゃ回りきれないな」

「殺人的に暑いから観光客は参ってしまうみたいですよ。季節を選ばないと大変でしょうね」

まどかもタイを旅行したことがあるから熱帯の暑さは実感として分かる。日よけ対策をしっかりしないと火傷《やけど》をしてしまうほどだった。

「そもそも遺跡しかないんだろう。最初は珍しいかもしれないが、すぐに飽きそうだな」

「遺跡なんてどれも似たり寄ったりですからね」

悠久の歴史に思いを馳《は》せるのも結構なことだが、まどかの興味はやはり食事である。

「とか言っているうちにやっと次が俺たちだぞ」

一組の客が店から出てきて、まどかの前の前に並んでいたカップルが店内に入っていった。

「なんとか間に合いそうですね。やっとここのランチが食べられますよ」

この日をずっと待ち望んでいた。ここのランチを食べずに殉職なんてしようものなら成仏できなかっただろう。

あの世にランチなんてあるかしら？

存在しないのなら一生死にたくない。

「ワクワクするな」

高橋は本当にワクワクと音がしそうな顔をしている。まどかはプッと吹き出した。

そのときだった。高橋のスマートフォンが鳴った。彼は画面を見てチッと舌打ちをするとスピーカーを耳に当てた。

「マジですかぁ～」

高橋の絶望的な声にまどかは胸騒ぎを覚えた。

「は、はい……分かりました」

彼は通話を終えるとどんよりとした顔をまどかに向けた。

「もしかして……」

おそるおそる聞いてみる。

「その通りだ。殺しだよ」

「マジですかぁ～」

思った通りだ。まどかは思わずその場でうずくまってしまった。

「気持ちは分かるがみっともないぞ」

「立ち直れそうにありません」

待っている客たちの注目が集まっているだろうが、ショックが大きすぎて気にならなかった。

「ほら、立て」

高橋に二の腕をつかまれてそのまま引き上げられた。まどかは大人しく立ち上がった。

「もう絶対に犯人が許せません」

「同感だ。とっ捕まえて刑務所に入れてやる」

高橋が拳骨《げんこつ》を振り上げた。

「そんなんじゃ足りないですよ。死刑台に立たせてやります」

「おお、瞳の中の炎が揺らめいて見えるぞ」

かなり本気だ。我ながら食べ物の恨みは恐ろしい。


現場はカンプチャからほど近い路地だった。古い雑居ビルに挟まれた周囲は昼間なのに薄暗く気が滅入るような陰鬱《いんうつ》な空気が漂っていた。四月も下旬に入ったのにここに立っているだけでヒヤリとする。

周囲はすでにテープが張られて野次馬が近づけないよう封鎖されていた。

「ここは普段からこんな感じですよ。この通りの雑居ビルは無人で廃墟《はいきょ》同然ですからね。夜になると痴漢が出没するんで我々も警戒してました」

一番最初に到着した最寄りの派出所の警官の報告である。ふくよかな体型をした実直そうな年配の男性だ。まどかの父親にどことなく似ている気がする。彼はまどかたちが到着するまで現場に他人が入ってこないよう見張っていた。

まどかたちより少し前に機捜（機動捜査隊）の刑事二人も到着しているという。彼らはさっそく捜査に入っているようで姿が見えなかった。

「死体はここに放置されてました」

警官はまどかと高橋を雑居ビルを囲むブロック塀の裏側に案内した。ビルの敷地内である。といっても四階建てのビルは各フロア一つずつしか部屋がなく、それらもさほど広くない。死体が転がっている空間も庭というほどの広さはなく、自動車が一台なんとか駐《と》められるといった程度だ。ビル自体は人の気配がまるでなく、入口の扉には「入居募集」のプレートがさがっていた。長期間無人だったであろう独特の、寂しげな空気が漂っている。ただ路地からだとブロック塀によって遮断されているので死角になっている。通行人の目に触れないようになっていた。

そこには男性がうつぶせの状態で転がっていた。年齢は五十代半ばといったところだろうか。白かったはずのシャツは大量の血液を吸い込んでどす黒く染まっていた。そしてなにより男性は絶命していた。

まどかたちは白手袋をはめると死体に向かって手を合わせた。そんな二人を警官は神妙な面持ちで眺めていた。

「滅多刺しじゃないですか」

背中に複数の刺し傷が確認できる。被害者はどうやら背後を襲われたようだ。

「路面にも複数の血痕《けっこん》がありました。路上で襲われたのち、ここに運ばれたんでしょう。凶器と思われるナイフも路上に落ちてました」

警官は路地のほうを指さした。凶器にはまだ手をつけずそのままになっているという。

「死んでからそんなに経ってないな」

「ですね」

まどかは高橋に同意した。凝血状態からしてまだ新しい。魂が抜けていても体温の残滓《ざんし》が感じられる。

まどかたちは殺害現場となった路上に移動した。といってもほんの五メートルほどである。路面には血痕と凶器が落ちていた。凶器は百円ショップで売っていそうな、見るからに安物の果物ナイフだ。木製の柄と刃部に血痕が認められる。こんな小さなもので人の命を簡単に止めることができるのだ。

「不思議だよな」

「なにがです？」

「商品が犯罪に利用されると世間からバッシングされるけど、刃物だけはべつだよな」

「目撃者が出てくれればいいんだけどなあ」

「どうですかね。犯人も人目につかないからここを選んだのかもしれませんよ」

たしかにこの通りは人目を避けて行動するには最適といえるかもしれない。

「だったら土地勘があるということになる」

「まあ、偶然かもしれませんけどね」

被害者を尾行しているうちにこの路地に至ったということも考えられる。路地の雰囲気からして通行が乏しいのは想像がつきそうなものだ。

「第一発見者は?」

高橋が警官に尋ねた。

「あちらで機捜が話を聞いてます」

警官は路地に出ると、そこから三十メートルほど離れた小ぶりの空き地まで二人を案内した。「売地」の立て看板が立てられていて、そのすぐそばでスーツ姿の機捜の刑事二人が男性に話を聞いていた。

「ご苦労さまです。室田署の高橋です」

「國吉です」

まどかたちが敬礼をしながら挨拶《あいさつ》をすると、機捜の二人も敬礼を返してきた。彼らは青《あお》島《しま》、赤川《あかがわ》と名乗った。二人とも三十代の鋭い目つきの、テレビドラマに出てきそうないかにも有能な若手刑事といった印象だ。二人とも白の手袋をはめていた。

「こちらが第一発見者の北村《きたむら》さんです」

青島が話を聞いていた男性を示した。被害者が放置されていた敷地内に建つ雑居ビルを管理する不動産会社の社員だという。ネクタイを締めていなかったが白いシャツの上に紺色のジャケットを羽織っていた。髪はフサフサしていたが白髪が勝っている。肌つやのなさやシワの状態からして、成人の孫がいてもおかしくない年齢といったところだ。

「管理している件《くだん》のビルを確認に来ていたそうです」

今度は赤川が言った。開いたメモ帳は細かい文字でびっちりと埋め尽くされている。相当に几帳面《きちょうめん》なようだ。

「あそこには月に一回くらいで確認に行きます。借り手がつかなくなって長いので、たまに手を入れないと建物が傷んでしまいますからね。それに以前、ホームレスが無断で住み着いてたことがあるんですよ」

北村はビルを確認しようとして、すぐに異変に気づいたという。死体はビルの入口からさほど離れていない位置に転がっていた。発見したのは午後十二時十五分。ビックリした彼はすぐに携帯電話で警察に通報したという。

「怪しい人物は見かけませんでしたか」

「目につく範囲には誰もいなかったです。この通りのビルはほとんど無人ですから」

やはり犯人は土地勘があってここを犯行現場に選んだのだろうか。たしかにここに来てから一度も通行人を見かけない。

「ガイシャの身元は？」

高橋は赤川に尋ねた。

「尻ポケットの中の財布に運転免許証が入ってました」

高橋は「そうこなくちゃ」とつぶやいた。二人の機捜刑事が笑いを漏らした。身分証明書が出てくるだけで仕事の手間が大きく省ける。身元の確認ができないとそれだけで捜査にとって大きなビハインドになってしまうのだ。刑事にとってありがたい被害者だ。北村はなんのことか分からないようでポカンとした顔を向けていた。

「鵜飼光友《うかいみつとも》。生年月日を見ると五十五歳になったばかりです。顔写真からして本人で間違いないでしょう」

青島が被害者の運転免許証を見せてくれた。どこにでもいそうな丸顔のおっさんといった顔写真がある。被害者はうつぶせの状態だったので、まどかたちは彼の顔を確認してないが、この二人の刑事は確認したようだ。住所も室田署の管轄内である。

「それにしても滅多刺しでしたね」

まどかは死体の状況を思い浮かべた。ところどころ切り裂かれたあとのあるシャツは大量の血液を吸い込んでいた。失血死であるのは間違いなさそうだ。

「犯人は相当にガイシャを恨んでいたんでしょうね」

青島が顎をさすった。

殺しというのは相当のエネルギーがいる。できたら一撃で仕留めたいところだろうし、流血沙汰は避けたいと思うはずだ。しかし被害者は必要以上の傷を負っていた。犯人が感情にまかせて傷つけたように思える。青島の見立て通り怨恨《えんこん》の線は濃厚だろう。つまりこの事件は人間関係を追っていけば犯人にたどり着けそうだ。

まどかたちは北村にいくつかの聞き取りをしてから、死体の転がる現場に戻った。すでに室田署刑事課の他のメンバーも到着していた。いずれも白手袋をはめている。その中には藤沢健吾《ふじさわけんご》課長の姿もあった。舞台俳優のように迫力のある目鼻立ちで、小柄なわりに顔が大きい。一度見たら忘れられない顔だ。

「課長と同年代ですよ」

高橋が言うと藤沢はやりきれなそうに口元をへの字にした。

「孫の成長とか楽しみな年代なのにな。仕事や家族で大変な思いをしてきて、楽しむ人生はこれからだというのに……。本人もご家族も無念だろうな」

彼はしゃがみ込むと、被害者に向けて神妙に手を合わせた。それから間もなくして鑑識課の連中が到着した。彼らはさっさと仕事を始めた。

「今夜にでも帳場が立つぞ」

藤沢が立ち上がった。犯人に対する憎しみが浮かび上がったような険しい表情だ。

「これでしばらく大変ですね」

まどかは高橋にそっと告げた。

「しょうがないだろ。殺しなんだから」

帳場が立てばランチどころではない。忙殺の日々である。

「ああ、もぉ犯人が憎い。私からカンボジアを奪った犯人が憎い」

まどかは呪詛《じゅそ》のように唱えた。

「カンボジア？」

藤沢が聞き返す。

「あ、いえ、こちらの話です」

「どうせお前のことだ。昼飯だろ」

課長にはお見通しのようだ。

隣では高橋が笑いをこらえていた。

課長の言ったとおり、その日の夜に帳場が立った。といっても今回は本庁の捜査員たちの姿が見えない。二階の小会議室には刑事課全員である二十五人が集まっていた。捜査会議のわりにこぢんまりとしている。壇上に置かれたデスクには毛利《もうり》基次《もとじ》郎《ろう》署長と藤沢課長が着席している。まどかも高橋も椅子に腰を下ろした。刑事たちの熱気で室温が上がっているように思えた。

「本件は我々、所轄だけでの捜査本部になる。本庁からのお達しだ。あちらもいろいろと忙しいのだろう。最近は通り魔やら営利誘拐やら立て続いたからな」

制服姿の毛利が全員を見渡しながら告げた。ロマンスグレーでいかにも重役や幹部といった風格がある。年齢は藤沢より一つ上と聞いた。現場での実績が評価されたというより世渡りが上手いタイプだ。もっとも公務員の世界ではこういう人物が出世していく。

「今回は被害者の身元もはっきりしているし、俺たち所轄だけで解決できると踏んだんだろう。この場合、署長が捜査本部長というわけだ」

室田署刑事課のいぶし銀、朝倉達夫《あさくらたつお》が首を回してバキバキと鳴らした。アラフィフの彼は強面ながら家族思いで定時になるとさっさと帰宅してしまう。しかし刑事としては優秀で上司や部下たちから一目置かれている。

「本庁がからまない仕事はやりがいがありますよ。連中と一緒だとこちらのやりたいようにはできないっすからね」

室田署一のお調子者である森脇浩一郎《もりわきこういちろう》は嬉しそうだ。彼は高橋の二つ年下でまどかが配属されるまでは刑事課で最年少だった。なのでまどかが入ってきたとき一番喜んだのは彼だ。まどかは彼にとって待望の部下である。ユーモラスで人なつこい性格だが正義感が強く、熱いハートの持ち主だ。顔立ちはまだ二十代でも通りそうである。まどかより六つも年上なのに同年代に思われる。若いというより、年齢に見合う男性の渋さが足りてないように思う。見た目や振る舞いに落ち着きがないのだ。それだけに年齢差を感じないので、つい同年代のように振る舞ってしまう。もっとも森脇もそんなまどかの態度をあまり気にしていないようだ。

そんな彼の言うとおり、本庁捜査一課が入ると、捜査の主導権は彼らに渡り、所轄であるまどかたちはサポートという役回りになる。どうしても所轄は格下と見なされ、そのように扱われる。大抵の場合、本庁と所轄の刑事がコンビを組むことになるが、所轄は土地勘があるということで本庁の捜査員たちの案内役である。毛利署長ですら本庁からやって来る一課長や管理官たちの顔色を窺っている始末である。一課長や管理官たちが並ぶ壇上のテーブルの一番端に小さくなって腰掛けている。しかし今回のように所轄だけの捜査となると気を遣う相手がいないだけに仕事がやりやすい。刑事たちに檄《げき》を飛ばす毛利の声も溌剌《はつらつ》としている。もちろん事件解決という結果を少人数で出さなければならないが、少なくともやりがいを感じる。

「迷宮入りなんかして署長の顔に泥を塗るわけにはいかないぞ。俺たちだけでも充分にやれるということを本庁の連中にも分からせないとな」

朝倉が表情を引き締めながら言った。彼もなにかと主導権を握ろうとする本庁のやり方を快く思ってないようだ。本庁と所轄の確執は少なからず耳にするところである。最近はそれをテーマとした刑事ドラマも増えてきた。

朝倉はまどかと高橋、森脇、他には鈴木正樹《すずきまさき》と山田慎也《やまだしんや》を束ねるチームの班長だ。班名は班長の名字をとって朝倉班。他にも飯田《いいだ》班と佐々木《ささき》班、持田《もちだ》班、神奈川《かながわ》班がある。

鈴木は三十八歳、趣味はテレビゲームというオタク系だ。FPSオンラインゲームの世界では凄腕《すごうで》の有名人らしい。刑事のくせに人見知りが激しいようで、まどかもほとんど会話をしたことがない。小柄で色白でなで肩で、刑事課の中で一番刑事のイメージから遠い人物だ。まだ独身である。

山田は四十歳の既婚者。元相撲部というだけあって室田署一番の巨漢である。腰掛けている椅子も壊れそうなほどだ。スーツも特注品だろう。そのくせ凛々《りり》しい顔立ちをしている。人並みに瘦《や》せたら相当のイケメンになるのではないかとまどかは密《ひそ》かに思っていた。先日も取調室で暴れる筋骨隆々としたチンピラを張り手の一撃で沈静化させた。もっともそのチンピラは気絶してしまったので始末書を書かされていたが。最近待望の子供ができた。

「諸君のことは信頼している。きっと今週中には解決してくれるだろう。それじゃ、よろしく頼んだぞ」

毛利は立ち上がるとそのまま部屋を出て行った。一同も起立して署長の退出を見送る。

「さっそく捜査会議に入らせてもらう」

壇上の藤沢課長が告げるとそれぞれが居住まいを正した。

「まずはガイシャについて報告してくれ」

藤沢が山田を指名すると彼の巨体が立ち上がった。身長があることもあって直立するとなかなかの迫力である。まどかの目の前なので前が見えない。隣の高橋が笑みを漏らしている。

山田は尻ポケットからメモ帳を取り出した。ポケットですらラージサイズだ。

「ガイシャは鵜飼光友、五十五歳。室田東一丁目三番の五号、『株式会社鵜飼鉄筋』の社長です。自宅の住所は室田東三丁目四番の十号で本籍地と同一。家族は専業主婦の妻・鵜飼豊子《とよこ》五十三歳、法政大学に通う息子・鵜飼博也《ひろや》二十歳。光友は大学卒業後……」

山田は鵜飼光友と家族のプロフィールを詳細に報告した。ただ特筆するような内容でもなかった。ごく普通の人生を歩んできたといえるし、彼の家族も同様だ。運転免許証で見た顔写真もどこにでもいるオッサンという印象だった。社長らしさは顔よりも恰幅《かっぷく》のいい体型にあったように思う。

うです」


「次、鵜飼鉄筋について」

　藤沢が一同に声をかけると今度はメモ帳を手にした森脇が立ち上がった。

「設立は昭和三十七年で、ガイシャは二十年前に父親である先代から引き継いでいます。業務内容は鉄筋施工、いわゆる鉄筋屋ですね。ビルや橋やトンネルなどコンクリートで覆われた建造物の中に入る骨組みとなる鉄筋を網目状に組む仕事です。社員三十人ほどの小さな会社ですが、ここ最近は東京五輪によるビルや施設の建築ラッシュで業績が良好なようです」

「東京はいくらなんでもビルを建てすぎだ。あんなに建てて需要があるのか」

　藤沢がまどかと同じ疑問を口にした。最近の丸の内や日本橋はまるでニューヨークの摩天楼を思わせる。高層ビルが乱立していて空を見ることすらできないほどだ。

「それは専門家も指摘しているみたいですが、現時点では新築のオフィスビルは満室稼働しているようです。リーマンショック直後は財政を緊縮して移転に消極的だった各社も、アベノミクスの追い風で一気呵成《いっきかせい》に移転を進めていますからね。それと東日本大震災によって非常用発電設備などを備えた都心部ビルへの需要が高まっているようです」

「少子化が進んで働き手がいなくなったらどうなっちゃうんだろうな」

　廃墟になった高層ビル群の風景を想像するとゾッとするものがある。でも今の日本の状況だとあり得るから怖い。

「そのくせ工事納期が短縮されてそのしわ寄せは現場労働者たちに来ているという。建設業界のブラックぶりがニュースになっていたな」

　高橋が小声で言った。

　それからも森脇は鵜飼鉄筋の概要について報告した。業績はともかく典型的な中小企業である。

「それでは聞き込みを報告してくれ」

　高橋が手を挙げるとすぐに指名された。報告したのはまどかと一緒に聞き込みをして得た情報だ。あれから二人は近所の家を回って聞き込みをくり広げた。

　近所に住む六十代の女性が自宅トイレで男性の「ぎゃっ！」という声を聞いている。しかしあまりに短い声だったので気のせいかと思い、そのときは気にしなかったそうだ。テレビドラマの再放送がちょうど終了した直後だったので午前十時半ごろだという。またほぼ同時刻に買い物帰りの三十代の女性が現場となった路地から出てくる男性を目撃している。身長は百七十センチほどの痩せ型で紺色のウィンドブレーカーにジーンズを穿《は》いていた。数メートルほど離れてすれ違ったが、フードを被《かぶ》っていてさらに俯《うつむ》いていたので顔ははっきりと見えなかったという。男は両手をポケットに入れたまま早足で歩いていたが、目撃者の女性は急いでいるのだろうと思いさほど気にかけなかった。

　その男は他に三人の男女に目撃されているが、彼らも相手の顔をはっきりと視認していない。そして不審に思わなかった、というより関心を向けなかったようだ。たしかに通りすがりの人間にいちいち気を向けていたら生活に支障が出る。それはともかく、男性は最寄り駅とは逆方向に早足で歩いて行った。

「あれだけ滅多刺しにしたのなら返り血を浴びているはずだ」

高橋の報告中に藤沢が口を挟んだ。

「目撃者は誰もそれについては証言してません」

そもそも返り血を浴びていたなら目撃者も不審に思うはずだ。警察に通報していただろう。

「リバーシブルタイプじゃないですかね」

高橋が答える。

表と裏でデザインが異なるタイプだ。裏返して着用することで二種類のデザインを楽しめる。

「なるほど。返り血が付着したほうを裏返したというわけか」

高橋がうなずく。リバーシブルなら不自然ではない。

「他に不審者の情報はないか」

持田班の益田《ますだ》と神奈川班の望月《もちづき》が手を挙げた。二人とも若手である。彼らは同時刻前後に近くの大通りを一心不乱に疾走する若い女性と、意味不明なことをつぶやきながらふらつていた年配の男性の目撃情報を報告した。ウィンドブレーカーの男性同様にこちらの二名も怪しい気がする。

「とにかく不審人物については特定して尋問する必要があるな。次は凶器について報告してくれ」

　今度は佐々木班の刑事が立ち上がった。

「凶器は花崎《はなさき》刃物というメーカーの果物ナイフです。全国の量販店で扱われている安価な定番商品なので、販売ルートから持ち主を特定するのは不可能と思われます。柄には数人の指紋が付着していたのでそちらも照合中です」

　犯人が手袋をはめて犯行に及んでいては本人の指紋は当然残らない。その場合、付着した指紋は製造者や販売者など犯行とはまったく関係のない第三者のものとなる。また仮に犯人の指紋であっても、本人に前科がなければ警察の指紋データベースに登録されていないから特定できない。

「今回は滅多刺しだ。怨恨の線が濃厚だと思われる。とりあえずガイシャの人間関係を徹底的に洗ってくれ。友人知人はもちろん、会社の従業員や取引先もすべてだ。密かに愛人がいたかもしれん。各班、情報を共有して迅速に解決してほしい」

　一同、「はい！」と威勢の良い返事をすると椅子から立ち上がった。

　それぞれが刑事の顔をしていた。

Murderous intent makes delicious food.

# 第2章　外国人実習生の闇

次の日の朝（四月二十一日）。

まどかと高橋は室田東一丁目にある鵜飼鉄筋の社屋を訪れていた。外ではマスコミ関係者らしい人物が三人ほどうろうろしていた。三階建てのこぢんまりとした建物だが会社が所有しているらしい。玄関に簡素な受付カウンターが設置されていて若い女性が座ってい
た。まどかたちは身分を名乗って警察手帳を見せた。受付嬢の顔は強《こわ》ばっていて笑みがない。昨日、社長が殺害されたばかりなのだから無理もないだろう。

「二階の会議室に案内します」

まどかたちは受付嬢のあとについて階段を上がった。その途中、従業員と思われる作業着姿の男性たちとすれ違った。彼らは通夜の参列客のように暗い表情を浮かべている。二階の廊下にも従業員たちの姿を認めた。

「こちらでお待ちください」

まどかたちは廊下の突き当たりにある部屋に通された。会議室らしく折りたたみ式の長テーブルがコの字型に並べられている。窓の外は隣の建物の外壁で視界が遮られていた。

五分ほど待っていると部屋の扉が開いて男女が入ってきた。

「お待たせいたしました」

白髪頭でスーツ姿の男性がまどかたちに声をかける。その後ろに黒の喪服を着用した女性がついていた。

「専務の石坂《いしざか》と申します。そしてこちらが鵜飼社長の奥様です」

男性はまどかたちに名刺を差し出した。そこには社名の下に「専務　石坂道夫《みちお》」と印字されていた。年齢は六十前後といったところだろうが、がっしりとした体格をしている。現場労働が長かったのか肌はよく焼けていた。

「鵜飼豊子でございます」

女性が疲れたような表情で頭を下げた。彼女が殺された鵜飼光友の妻だ。

まどかは豊子を注意深く観察した。

年齢は五十三歳の専業主婦。ふくよかな体型で顎《あご》や頰《ほお》にもでっぷりと肉がついている。醜いというほどではないが整った顔立ちともいえず、どこにでもいそうなおばちゃんといった様子だ。つやの乏しい髪の毛もところどころはねている。左手の薬指には指輪が鈍い光を放っていた。突然の悲劇を受け入れられないのか、まどかたちに向ける目つきはうつろである。もし彼女が真犯人でこれが演技だとすれば大したものである。

「社長が亡くなっても休業されないんですね」

高橋が石坂を見据えながら言った。

「うちはちっぽけな会社ですからね。どんな事情があろうと工期を遅らせるわけにはいきませんので、従業員一同、悲しみを抑え込んで頑張ってます。社長もきっとそれを望むと思います」

石坂はしんみりと答えた。その隣で豊子が唇を嚙《か》みしめている。

「葬儀はどうなってます？」

通夜には他の刑事たちが顔を出すことになっている。

「明日の午前中、三丁目の室田セレモニーホールです」

高橋がすかさずメモをする。

室田セレモニーホールは比較的大きな規模の葬儀場である。社長の不幸だけに取引先など多くの参列者が訪れるに違いない。被害者の交友関係を知るには絶好の機会である。

「今から少し被害者についてお話を聞かせてもらいたいのですが」

高橋が石坂たちに着席するように促した。

「もちろんです。私たちとしましても一刻も早く犯人を逮捕していただきたい」

石坂は椅子《いす》を引くと豊子を先に着席させた。そして自分も腰掛ける。高橋とまどかはテーブルを挟んで彼らの前に立った。

「鵜飼社長は率直に言ってどんな人物でしたか」

高橋はメモ帳を開いたまま尋ねた。石坂は一瞬だけ豊子と顔を見合わせた。どちらが答えるべきかと確認を取ったのだろう。豊子が小さくうなずいた。

「責任感と正義感が強く、面倒見の大変よろしい人でしたね。社員たちからは慕われ、取引先からは信用されてました」

答えたのは石坂だった。表情は若干緊張気味だが歯切れはいい。豊子のほうはぼんやりしていて頼りなげだ。

「模範解答ですね。大変失礼ながら、もしそんな人物であればあんな殺され方をするでしょうか」

高橋は少し意地悪な物言いをした。そうやって相手の反応をはかるのである。石坂も豊子も一瞬だけムッとしたような表情になった。

「私どもも驚いているところです。あんなのはひどすぎる」

光友は滅多刺《めったざ》しにされていた。尋常ならぬ殺意の発露である。

「社長のお人柄は分かりました。人望がなければ会社経営なんて成り立ちませんから実際にそうだったのでしょう」

「もちろんですわ」

今度は豊子が答えた。先ほどまでぼんやりしていた瞳《ひとみ》に今はわずかながら苛立《いらだ》ちが窺《うかが》える。

「とはいえ仕事をしていればいろいろとトラブルが起こりますよね。高層ビルや橋など大きなプロジェクトに関《かか》わっているんですから」

高橋は豊子を無視して石坂に言った。

「それは……ないと言えば嘘《うそ》になりますね」

「たとえば最近ならどんなトラブルがありましたか」

「うちは見ての通り、弱小ですから下請けの下請けです。大手から仕事をいただいているわけですが、やはりいろいろと無茶な要求をされます」

「どういうことですか」

「工期や金銭的なことです」

石坂が苦々しそうに口元を歪《ゆが》めた。

「どんな感じなんですか」

「東京オリンピックの開催が決定して近年はビルや施設の建設ラッシュです。それは業界にとってとてもありがたいことなんですが、それも少々過熱気味でして、そのしわ寄せは我々みたいな零細に来るんです」

「具体的には？」

「簡単に言えば安い、早い、上手《うま》いを要求されます。工期は短く、報酬は低く、それでいてクオリティは上げろと」

「たしかに要求される側にとっては厳しいですね」

高橋が同情するように言うと石坂は大きくうなずいた。

「厳しいなんてもんじゃないですよ。現場は人手不足ですし、資材の価格も高騰してます。彼らの要求を受け入れていればタダ働き同然になってしまいます」

「無理なら断るわけにはいかないんですか」

「当然です。断れば今後仕事を回してもらえなくなる。先方もそれを分かってて無茶を押しつけてくるんです。ここだけの話、大企業ってのは無慈悲で冷酷ですよ」

石坂はかぶりをふりながらため息をついた。そんな彼を豊子は心配そうに見つめている。

「それでトラブルというのは？」

「どうしても職人の人数が揃《そろ》わなくて工期的に厳しくなった案件がありまして、それで他の業者と共同ということになったのですが報酬の配分のことで揉《も》めました」

「なんという会社ですか」

「葛飾《かつしか》区にある横山工業です」

「そんなに人手が足りてないんですか」

高橋がメモを取りながら尋ねた。石坂曰《いわ》く、この手のトラブルはよく起こることらしい。金銭トラブルは往々にして刃傷沙汰《にんじょうざた》に発展することがある。先日ニュースになった事件でも数十万円の金を巡って死人が出ている。

「うちみたいな建設の現場作業は若い人たちがやりたがりませんからね。肉体労働でそれなりにキツいですから。それでも大きなプロジェクトに関われるわけだから、やりがいのある仕事だと思いますけどね。人材確保も業界の大きな懸念ですよ」

さまざまな業界で人手不足が起きているという話をよく聞くようになった。少子高齢化で働き手が減っている。特に肉体労働の担い手が少ないという。このまま少子高齢化がエスカレートして労働力人口の減少が進めば、ホワイトカラー業種でも人手不足になるとニュースでコメンテーターが話していたし、署内でも話題になっていた。

「業績は悪くないようですが」

経営状況についてはすでに調査済みである。もちろん鵜飼家の資産も調べてある。裕福とまではいえないが中の上といった水準だ。大きな借金もなく生活に困っている様子はない。

「ええ、今のところはおかげさまで。薄利ではありますが受注だけは途切れませんから。それが一巡したあとの反動が怖いですけどね」

石坂は複雑そうな顔で言った。

今の建設ラッシュも永遠に続くわけではない。供給が需要を満たしてしまえば経営が冷え込むことは想像に難くない。将来が明るいとはとても言えないだろう。

「奥様はなにか心当たりがありませんか」

高橋が声をかけると豊子は不安そうな顔を向けた。

「夫は殺されるほどの恨みを買うような人間ではありません」

「つかぬことをお伺いしますが、ご主人は生命保険には加入されていたんでしょうか」

「ど、どういうことですか」

豊子が気色ばんだ。

「警察としては確認しなくてはならないことです。申し訳ありません」

生命保険の加入状況についてもすでに調査済みであるが、こちらも相手の反応を窺うための質問だ。

「保険関係はすべて夫に任せていましたから私は分かりません」

彼女は弱々しく首を横に振った。

「家計の管理はどうされていたのですか」

「夫から月々の生活費を渡されて、私はそれでやりくりをしてました」

「それでは資産状況は把握されていないのですか」

「はい。お金の管理は夫がしてました。私は基本、会社の経営にはノータッチでした」

どうやら彼女は生粋の専業主婦らしい。一人息子の博也は大学生で自宅から通学している。

「奥様は会社のほうに顔を出すことはないのですか」

「お昼に夫のお弁当を届けにここに来ます。夫は冷めたお弁当を嫌がるのでいつも出来たてを届けてました」

「毎日ですか」

「ええ。といっても自宅はすぐ近くですから」

「出前はとらなかったんですね」

「奥さんの料理は絶品ですからね。他が食べられなくなるんですよ」

石坂が割り込んできた。

「石坂さんは奥様の料理を食べたことがあるんですか」

「え、ええ……私もお弁当をいただいたことがありますよ」

石坂は豊子と顔を見合わせた。彼女は二度ほど小刻みにうなずいた。そんな二人を見つめる高橋は目を細めた。

「ところで刑事さん。先ほど生命保険のことを確認してましたが、彼女を疑っているんですか」

石坂が非難するように口調を尖《とが》らせた。

「そういうわけではありません。捜査上、確認が必要なのでご理解下さい」

高橋が頭を下げると石坂は納得がいかないと言わんばかりの目つきを向けた。

「夫が知り合いの保険屋さんと契約したようです。私はどんな契約内容なのか知りません」

「契約のときは立ち会っていないんですか」

「そうです」

豊子ははっきりと首肯した。本当にそうなのか保険会社の営業担当にウラを取る必要はあるが、嘘をついているようには見えない。光友には六千万円の生命保険が掛けられている。大金ではあるが、この規模の会社の経営者としては不自然な額ではない。また契約も十年以上前である。それでも高橋がこんな質問をするのは保険金狙《ねら》いの犯行の疑いを否定できないからだ。夫の殺害を他人に依頼した可能性もある。もしそうであれば実行犯には相応の報酬が支払われたはずだ。しかし今のところ鵜飼家の銀行口座の金の動きに不審な点は認められていない。

そのとき部屋の扉が開いた。廊下には作業着姿の男性が立っている。二十代後半といったところか、現場作業員のようだが華奢《きゃしゃ》で色白だ。

「立花《たちばな》か。ノックくらいしなさい。接客中だぞ」

石坂がその男に言うと彼は息を切らしながら謝った。どうやらここまで走ってきたようだ。額に汗が光っている。

「それでどうした」

「ハウスでトラブってます」

立花の報告に石坂は舌打ちをする。

「誰がだ」

「タンとクオンです」

「またあいつらか。なんとか収めることはできんのか。君はハウスの責任者だろ」

「す、すいません。あいつら暴れ出すと手がつけられなくて」

立花は心底困ったような顔を向けている。

「原因はなんだ」

「冷蔵庫に入れていたタンのプリンをクオンが食べたとか食べないとかで」

「くだらん、実にくだらん」

石坂は苛立たしげに自分の膝《ひざ》に拳骨《げんこつ》を当てた。

「一時間後に作業が始まります。だけどそれどころじゃない状況で……」

「君は自分の役割をちゃんと理解しているのか。うちが君を雇ったのは君の語学力を買ったからだ。こういうときちゃんと連中を説得できないんじゃ意味がないじゃないか」

「あいつらヒートアップするとこっちの話に耳を貸そうとしません。このままでは流血沙汰になりそうですよ」

立花は顔を青ざめさせながら、なにかの御利益《ごりやく》を求めるように手首のブレスレットをいじっている。

「どうしたんですか」

「従業員同士のケンカですよ。こういうトラブルは本当に困ります」

高橋が尋ねると石坂は向き直って答えた。

「流血沙汰とは穏やかじゃないですね。私たちが仲裁に入りましょうか」

「え、あ……い、いや、身内のトラブルなので我々で対処しますよ。刑事さんの手を煩わせることではありません」

石坂は両手を横に振りながら言った。その隣で豊子もうなずいている。

「流血沙汰と聞いて見過ごすわけにはいきません。ところでハウスというのはなんですか」

「うちが従業員たちに社宅として用意しているシェアハウスです」

答えたのは立花だった。そんな彼に石坂は責めるような視線を送っている。立花は「しまった」と言わんばかりに口に手を当てた。

なにか後ろめたいことがありそうだ。

「そのハウスまで案内して下さい」

高橋は有無を言わさない口調で告げる。

「本当にくだらないトラブルです。警察が介入するような話ではありません」

「それを判断するのは我々です」

前に立って引き留めようとする石坂に高橋はきっぱりと言った。明らかにハウスに警察を近づけないようにしている。見られては不都合なことがあるのだろう。そうとなれば確認しないわけにはいかない。

石坂は叱責《しっせき》するような目つきを立花に向けている。彼は申し訳なさそうに肩を縮めた。

「私も行きましょうか」

豊子の申し出に石坂はしばらく考え込んだのちうなずいた。

「奥さんもタンとクオンのことはよく知ってましたね。よろしくお願いします」

「というわけで我々も同行しますよ」

高橋が一歩前に出て告げると石坂は観念したように了承した。

まどかと高橋は石坂たちのあとについて行った。玄関前でうろついているマスコミ連中を避けるために裏口から建物の外に出た。さすがに彼らの姿は認められない。ハウスはここから歩いて五分ほどのところらしい。石坂が先導してくれている。

「トラブルを起こしたのは外国人ですね」

まどかはすぐ近くを歩いている立花に聞いた。雑談からも情報が得られることがある。

「はい。タンとクオンはベトナムの人間です」

名前から東南アジア系かと思っていたが、国までは特定できない。それにしても最近、コンビニやファストフード店でも東南アジア系の従業員をよく見かけるような気がする。

「立花さんはベトナム語が話せるのですか」

「ええ、学生時代にバックパッカーやっててしばらくベトナムに滞在していたことがあるんですよ」

「それで習得できちゃったんですか。すごいですね」

「ペラペラというわけにはいきませんが、日常会話くらいならできます。当時、現地でつき合っていた彼女がいたんです」

「なるほど。語学を習得したいのなら現地に恋人を作ることが一番だって言いますよね」

「まあ、そうですよね」

立花は少しはにかみながら言った。

「バックパッカーかぁ。いいなあ。私もやってみたかったんですよ」

大学生の頃はバイトに明け暮れていたので旅行はあまりできなかった。世界中を回って各地のランチを楽しんでみたい。

「たしかに面白い経験ができましたね。現地で過ごすのは文化の違いはもちろん、治安や衛生上の問題でも大変なことはありましたけど」

「でも社会人になってからではなかなかできませんよね」

立花はうんうんとうなずいた。

「いるんだよな。外国行ったくらいで自分だけが特別な経験をしたと思い込んでいるやつ」

隣を歩いていた高橋が鼻で笑いながらつぶやいた。

「失礼ですよ」

まどかは彼の腕を肘《ひじ》でつついた。聞こえたのかそうでなかったのか立花は怪訝《けげん》そうな顔をしている。

「立花さんはどういう経緯でこちらの会社に?」

まどかは笑顔を取り繕って質問をした。

「大学卒業して就職したんですが、先輩のパワハラにあってすぐに辞めました。それからバイトや派遣でいろんな職場を転々としました。二年前に渋谷のバーでバーテンダーやっていたときお客さんとして鵜飼社長が来てて、バックパッカー時代の話をしたら『うちに来ないか』と言われてお世話になることになったんです」

「ベトナム語を話せる人を捜していたんですね」

「みたいですね。ここは外国人の従業員が多いですからね」

立花は首肯しながら歩いている。石坂と豊子は小声で話をしながらまどかたちを先導していた。今後の資金繰りの話をしているようだ。

「ベトナム語って難しいんですか」

まどかは石坂たちの会話に聞き耳を立てながら立花にも話を聞く。

「ベトナム語はアルファベット表記で、中国語の影響が強いこともあって漢字由来の言葉がたくさんあります。ベトナム語の単語のうち半分以上は漢字がもととなっているんですよ」

「へぇ〜、そうだったんですか」

「いわゆる漢越語です。その読み方を漢越音といいます」

「カンエツ？」

「ベトナムは漢字で『越南』と書きます」

立花は虚空に文字を書いた。

「なるほど。越はベトナムを示すわけですね」

まどかが納得すると立花はさらに解説を続けた。

「たとえば首都のハノイの読みは『河内』の漢越音です。日本語と違って漢越音はひとつの漢字に対してひとつなので、漢越音を頭に入れておけば初めて見るベトナム語の単語でも、漢字を当てはめて意味を推測することができます。さらに漢越語の読みは中国語より日本語に近いんですよ。たとえば『注意』はチューイ、『意見』はイーキェン、『管理』はクアンリーです。ありがとうはカムオンですけど、これは漢字の『感恩』の漢越音です。中国語の発音だとガンエンですから日本語のほうが近いですよね。漢字は中国から伝わってきたわけだけど、その読み方は本場では時代によって変化していく。だけど中国から離れている日本やベトナムではその変化が伝わらず古い時代の発音がそのまま使われているんです。だから現代中国語よりも、日本とベトナムの発音が似ているというわけらしいです。これはベトナムの知り合いから聞いた話ですけど」

彼はベトナムという国が心底好きなのだろう。話すときも嬉《うれ》しそうに瞳をキラキラと輝かせている。

「なるほど。それなら読みやすいですね」

アルファベット表記でさらに漢字がもとになっているなら日本人にとっつきやすい。たとえば韓国のハングルやタイのシャム文字になるとまずどう発音していいか分からない。

「逆にベトナム人が日本語の勉強をするときも、漢越語を漢字に置き換えて日本語に当てはめていますよ。さっき言ったようにアルファベット表記だし、さらに語形変化もないから文法も比較的簡単です。読み書きはしやすい言語ですね」

「ちょっと勉強すれば私でも習得できるかな」

「読み書きは比較的簡単に習得できると思います。だけど会話は案外難しいです」

「え？　どうしてですか」

今の話を聞く限りでは簡単そうな印象だ。

「実はベトナム語は発音がやたらと難しいんです。日本語にはない母音がたくさんあります。たとえばａの発音だけでも三種類もあって、それらを聞き分けるのが難しい。初心者だと同じ発音にしか聞こえないんです」

立花は実際に三種類の発音をした。

「どこがどう違うのかさっぱり分かりませんよ」

たしかにまったく同じようにしか聞こえない。

「子音の聞き分けも相当に苦労するんですが、さらにこれらの発音に加えて六種類の声調が重なりますからね。声調が異なると意味がまったく変わってしまってまるで通じなくなりますよ。だから発音と声調は正確に習得する必要があります。この手の言語を習得しようとしたら教科書や参考書だけでは無理です。実際に現地に滞在しないと難しいでしょう」

「外国語ってやっぱり難しいですね」

まどかは英語も片言しか話せない。先日も外国人の取り調べをしたがうまく聞き出すことができなかった。

「そういえば先ほどからやたらとそれをいじってますね。なにかのお守りですか」

まどかは立花の手首にあるブレスレットを指さした。数珠のように木製の球体が連なっている。

「仕事仲間にもらったんです。彼も外国人実習生でした」

「数珠みたいなブレスレットですね」

それは焦げ茶色の球が連なっているもので、球のひとつひとつに皮が剝《は》げたような白い傷があり、文様となっていた。

「球は乾燥させたココナッツの殻から作られているらしいですよ。ココナッツの殻は軽くて硬いんです」

「へぇ、独特の色合いですね」

「故郷にある寺院のブレスレットだそうで、これをつけていると災厄から身を守ってもらえると言ってました」

「立花さん、そういうの信じるんですか」

「ええ、まあね。でも案外、御利益あるんですよ」

立花は照れくさそうに頭を搔《か》いた。

そうこうするうちに石坂たちが歩を止めた。

「ここです」

石坂は前方の一軒家を指さした。二階建てのかなり古い家屋だ。外壁は煤《すす》ばんでところどころヒビが入っている。木製の玄関扉の塗装も剝げ落ちていて金属製のドアノブの色も濁っている。引越しの際に不動産屋にここを紹介されたら思わず眉《まゆ》をひそめてしまいそうな、粗末で手入れの悪い物件である。建物を取り巻くようにして雑草が生えている。二階の小さなベランダには大量の男物のシャツや下着、そして作業着が干されていた。スラム街にありそうな家屋である。

玄関の表札には「鵜飼鉄筋宿舎」と刻まれている。

石坂はネクタイを緩めるとチャイムも押さずに玄関の扉を開けて中に入った。

まどかたちもあとに続いていく。玄関に入ると饐《す》えた臭《にお》いが鼻腔《びこう》をついた。土間には男性用のくたびれた靴が乱雑に転がっており、まどかたちはそれらの隙間《すきま》に足をつけていた。靴の数から十人近くが屋内にいることが分かる。玄関から奥の部屋に通ずる細い廊下にはダンボール箱が積まれている。さらにところどころゴミや空き缶が散乱していて、柱や壁には引っ掻いたり殴ったりしたような跡が認められた。

立花が声をかけると奥の部屋から浅黒い顔をした男性が現れた。二十代前半だろうか。彫りの深い、見るからに東南アジア系の顔立ちだ。

「タチバナさん、タイヘンです」

若干、発音とイントネーションがおかしいがなんとか聞き取ることができた。

「どうしたんだ、トック」

「タンが……ヒドイ、血がいっぱい」

トックは奥の部屋を指さした。

「おい、行くぞ」

それを聞いた石坂は靴を脱いで上がり框《がまち》に足をかけると、さっさと廊下を進んでいった。

まどかたちも急いで靴を脱いであとに続く。廊下の奥は八畳ほどのダイニングになっていて床に椅子が倒れ、調味料や食べ物などが飛び散っていた。誰かが暴れたあとのようだ。部屋の窓ガラスも割れていた。部屋の中央部には明らかに外国人と見える男性たちがなにかを取り巻くようにして立っていた。彼らは心配そうな表情で床を見下ろしている。

「お前ら、どうしたんだ！」

石坂が声をかけると男たちはこちらに向き直った。そのうちの一人の右目が大きく腫《は》れていた。明らかに殴られた痕《あと》である。唇も切れて出血している。

しかしまどかたちが注目したのは床に転がっている男性だった。

「おい、大丈夫か！」

立花が思わずといった様子で駆け寄った。男性は腹部を押さえながら苦しそうにしている。そのすぐ近くに果物ナイフが落ちていた。そして刃はじっとりと赤黒く濡《ぬ》れていた。

「ちょっと離れてください」

すかさず高橋が男性に近寄って周囲に告げた。外国人の男性たちは高橋を避けるように後ずさった。腹部を押さえる男性の指と指の隙間からにじみ出てくる赤い液体が床に溜《た》まりを作っていた。彼は小刻みに呼吸しながら唇をふるわせている。

まどかはゴクリと喉《のど》を鳴らした。明らかに果物ナイフで刺されている。立花はそれを張り詰めた表情で見つめながらブレスレットをいじっていた。

「救急車！　すぐに呼んで！」

高橋が怒鳴りつけるように言った。

立花がスマートフォンを取り出すと声を震わせながら救急車を呼んだ。高橋は近くにかけてあったタオルを手にするとタンの腹部に押さえつけて出血を食い止めようとした。しかしほどなくしてタオルは真っ赤に染まった。かなりの出血量だ。タンの唇が紫色に変わっていく。

まどかも課長に電話で報告する。課長からは現場の保存と関係者の聞き込みを命じられた。とりあえず室内にいる人間をチェックする。外国人の従業員が九人だ。まどかたちが入ってきてから部屋を出た者はいない。

「なにがあった⁉」

石坂が近くに立っているトックを問い詰めた。

「クオンがナイフで……ミンナで止めたヨ」

彼は張り詰めた顔で床に転がる果物ナイフを指さした。それからもトックはたどたどしい日本語で状況を説明した。それによるとプリンが原因で始まった喧嘩《けんか》がエスカレートして、殴り合いになり、やがてクオンが果物ナイフを持ちだしてきたという。立花が石坂のもとへ報告にやって来た直後の出来事らしい。

気がつけば石坂も携帯電話を取りだして通話相手に状況を報告している。

「大丈夫ですか」

まどかは豊子に声をかけた。顔面蒼白《そうはく》の彼女は今にも倒れそうだ。まどかは転がっている椅子を直すとそれに豊子を座らせた。夫のことがあったばかりで、またもこれでは気の毒な気がした。

「おい、お前！　覚悟はできているだろうな」

電話をポケットにしまいながら石坂が呆然《ぼうぜん》と立ちすくむクオンに詰め寄った。南国出身らしい細身で引き締まった体型のタンに対して、クオンは小太り気味だった。

「こんな騒ぎを起こしやがって。もう日本にはいられないぞ」

「タ、タスケテクダサイ……」

彼は石坂の手にすがりついた。

「無理に決まってるだろ！　警察沙汰だぞ」

石坂はクオンの手を振り払った。

「ワタシ、お金ない、ない」

彼は目に涙を浮かべてなおも石坂に取りすがろうとしている。

「人を刺しておいて金の心配か！」

石坂は目を剥いて怒鳴った。

それから間もなく救急車が到着した。救急隊員が担架を運んで入ってきた。彼らは被害者の傷口をチェックする。

「命に別状はなさそうです」

隊員の一人が高橋に告げた。周囲に安堵《あんど》のため息が広がった。

「傷害の疑いで現行犯逮捕する」

高橋は手錠を取り出すとクオンの手首にはめて腕時計の時刻を読み上げた。

それから間もなく室田署からも警官が駆けつけてきた。高橋はクオンを彼らに引き渡す。

彼は観念したようにうなだれている。

閉じた瞼《まぶた》から涙があふれていた。なにかに耐えるように歯を食いしばっているように見えた。

クオンはパトカーに乗せられて署まで運ばれていった。

これから取り調べが行われる。

部屋の隅では石坂が苛立たしげな声で電話をしている。

短い用件だったようですぐに通話を終わらせた。そんな彼の姿を外国人の従業員たちは心配そうに見つめていた。

「おい！　作業の時間だろう。なにをボサッとしているんだ」

石坂が声をかけると従業員たちは追い立てられるように部屋を出て行った。立花も彼らのあとを追いかけた。

「まったくお見苦しいところを見せてしまいました」

立花の姿が見えなくなると石坂はまどかたちに頭を下げた。

「なにかと大変そうですね」

「価値観も文化もまるで違う人種ですからね。こちらの常識が彼らの非常識だったり、またその逆もあります。そちらのほうが多いんですけどね」

石坂は苦笑しながら肩をすくめた。

「石坂さん、そういう言い方は誤解を招くわ」

豊子が彼の肘を引っぱりながら言った。しかしまどかの視線を感じたのかすぐに放した。

石坂は咳払《せきばら》いをしている。

この二人、あやしいぞ……。

もしかすれば男女の関係にあるのかもしれない。そうなれば不倫だ。

高橋も察したようでまどかに向かって小さくうなずいた。

「まあ、たしかに外国人差別と誤解されかねない言い方でした。申し訳ない」

石坂は再び頭を下げる。

「他にも外国人の従業員はいるのですか」

まどかが尋ねると石坂はゆっくりとうなずいた。

「他にも二軒ほど外国人が下宿することができるアパートを借り上げてます。こちらのハウスは会社の所有物件です」

「なるほど。それにしてもこのハウスにあんなに入居しているんですね」

ハウスでは九人の外国人従業員を確認している。

「い、いや……そ、それは全員が全員ここに住んでいるわけじゃない……と思いますけど」

石坂の歯切れが急に悪くなった。

「彼らのことについては担当者がいますので……」

「把握されてない？」

どうやらなにか後ろめたいことがあるようだ。

おそらくそれは外国人従業員の待遇についてだろう。二階の窓に干されていた大量の洗濯物を見る限り、彼らはこのアパートの中で詰め込まれるようにして生活しているに違いない。この広さであの人数では相当ストレスがたまるだろう。

「こういうトラブルはよく起こるのですか」

高橋も察したようで石坂に質問を続ける。

「いやぁ、刑事さん。人間ですからたまにはケンカもしますよ。そんなことに国籍なんて関係ないんじゃないですか」

彼は白々しい様子で答えた。

「そんなもんですかね」

高橋は部屋の中をぐるりと見回しながら言った。

「刑事さん、申し訳ないのですがこれから人と会う用事ができましたので失礼したいのですが」

「お仕事ですか」

高橋が目つきを鋭くさせると石坂は若干気圧《けお》されたようにうなずいた。

「もちろんですよ。クオンの件で監理《かんり》団体に相談しなくてはなりませんからね」

「監理団体？」

高橋が小さく首を傾《かし》げながら尋ねた。まどかも分からなかった。

「簡単にいえば実習生を斡旋《あっせん》してくれるところです」

「実習生？」

高橋が聞き返すと石坂は「そんなことも知らないのか」と言いたげな様子で小さくため息をついた。

「外国人技能実習制度です。発展途上国の人たちを我々日本の企業が受け入れて、彼らに技術を習得させて母国で活《い》かしてもらう。いわば人材育成ですよ」

「つまり御社は国際貢献されていると？」

「まあ、そういうことになりますかね。その外国人を斡旋したり、彼らや我々受け入れ機関を指導監理するのが監理団体というわけです」

「念のため、監理団体の名前を教えていただけますか」

「えぇっと……国際人材研究協同組合です」

石坂はこめかみを人差し指で押さえながら答えた。

「先ほどのクオンという男は実習生なんですね」

「そのとおりです。傷害沙汰ですからね。もう日本では働けないでしょうな」

彼は苦々しい表情で首を横に振った。

「あの男は随分と追いつめられていたように見えましたが」

クオンは涙を浮かべながら石坂にすがっていた。

「まあ、母国では期待の星ですからね。それをこんなバカなことをしでかして裏切ったわけです。家族や親族も失望することでしょうなあ」

「そうですか……」

高橋はどことなく浮かない様子でメモ帳を閉じた。

「というわけで私はこれから監理団体のスタッフと打ち合わせですので」

石坂はまどかたちを部屋の出入り口のほうへ促した。とりあえず従うことにする。

「今後もちょくちょくお話を聞かせていただくことになりますが、協力のほどよろしくお願いします」

「もちろんです。一日も早く犯人を逮捕してもらいたいですから」

石坂は力強く答えた。本心なのかどうかは読み取れない。

「奥さんも」

「え、ええ……」

豊子のほうは相変わらず心許《こころもと》なげだ。

まどかと高橋は会社に戻っていく二人の背中を見送った。

「どう思う？」

高橋が遠くなった彼らを見つめたまま聞いてきた。

「なんともいえないですね。ただ、あの二人は怪しいなあ」

「まあ、そういう関係かもしれないが……あんな殺し方するかね」

社長の光友は滅多刺しにされていた。

「外国人従業員となんらかのトラブルがあったのかも」

「まずはそこだろうな。このハウスってのもなんていうかな」

高橋は振り返ってハウスの二階を眺めた。手すりが錆《さび》で赤茶けた、さほど広くないベランダには男物の洗濯物が大量に干されている。

「住環境はお世辞にも……ですね」

「一階は共有スペースみたいだから、ひと部屋に三人以上は入っているんだろうな」

窓の数から部屋は三つほど、ひと部屋あたりの広さも六畳ほどだろうか。もちろん風呂《ふろ》もトイレも台所も共有だろう。

「とりあえず従業員たちから話を聞いてみる必要があるな」

高橋は会社のほうに顎先を向けた。

「そうですね……あれ？」

まどかは顔にヒヤリとしたものを感じて空を見上げた。

「くそ、雨が降ってきたな」

「アプリの天気予報だと晴れのち曇りだったんですけどね」

朝の出勤時に見た降水確率は十パーセントだったはずだ。

「ときどき当てにならないよな」

空を見上げるとどんよりとした厚い雲が広がって昼間なのに薄暗くなっている。まだ小降りだが激しくなりそうな予感がした。

「とりあえず傘を調達しましょう」

二人は近くのコンビニに入るとビニール傘を買った。店の外に出るといよいよ本降りになっていた。

まどかと高橋は買ったばかりの傘を広げて鵜飼鉄筋の社屋に向かった。建物に近づくと玄関からビニール傘を差した作業着姿の男性たちがぞろぞろと出てきた。

「さっきの人たちですよ」

彼らはハウスにいた外国人だった。その中に一人だけ日本人の男性が紛れ込んでいた。

「立花さん」

まどかが声をかけるとその男性はこちらを向いた。

「ああ、刑事さん」

立花はまどかたちを認めると傘を差したまま小さく頭を下げた。外国人たちも立ち止まってこちらを眺めている。

まどかと高橋は彼らに近づいた。

「これから作業に向かわれるんですよね」

まどかが問いかけると立花は苦笑いを浮かべた。

「この雨ですからね。今日の作業は延期になりました。足場が濡れていると危険ですから」

「そうですよね。つまり今日はお休みになっちゃったんですか」

「今日は取り立ててやることがないのでそういうことになっちゃいました」

立花は振り返って外国人従業員たちを見た。彼らもこれからハウスに戻るらしい。

「皆さん、浮かない感じですね」

まどかがそっと言うと立花は少し戸惑った様子で頭を掻いた。外国人従業員たちの間には重苦しい空気が流れていた。

「彼らは遊びに日本に来ているわけじゃないですからね。仕事が休みになればそれだけ手取が減りますから。タンが刺されたり……もっとも社長があんなことになったということが一番なんでしょうけど」

「皆さん、実習生なんですか」

「いや、全員ではないですよ。会社の規模によって実習生の受け入れ人数は決まってますからね。うちみたいな従業員数の小さな会社だとそんなに多くは受け入れさせてもらえません」

「なるほど……いろいろ決まり事があるんですね」

「そりゃね、日本は外国人の入国にはなにかと厳しいみたいですから。とはいえ、少子高齢化が進んでいろんな分野で人手不足に陥っているいま、彼らに頼らざるを得ない状況になってきているんですよ」

立花は再び外国人従業員たちに目をやった。

「せっかくの休みに申し訳ないんだが事件のことでいろいろと話を聞きたい。いいかな」

高橋が立花に言った。

「今からですか」

「犯人を一刻も早く捕まえなくてはならない。殺されたのは君たちの会社の社長だ。できたら彼らにも詳しい話を聞きたい。言葉が分かる人がいれば助かる。協力願いたい」

高橋が願い出ると立花は表情を引き締めて首肯した。

「分かりました。僕も彼らも事件の解決を願っています。とりあえずハウスに向かいましょうか」

「助かるよ」

立花は外国人たちに声をかけた。

ベトナム語だったので内容は分からなかったが、高橋とのやりとりを伝えているのだろう。

しかし外国人たちのうち数人は面倒くさそうに舌打ちをした。

それから一行はハウスに向かった。

建物の中に入ると住人たちの体臭や生活臭が鼻腔を刺激する。男たちは玄関で靴を脱ぎ散らかすと先ほどのダイニングルームに入っていった。まどかたちも彼らについていく。

部屋には六人の外国人と立花、そしてまどかと高橋の合計九人が入った。

立花に促されてまどかと高橋はダイニングテーブルに着いた。

立花もまどかたちと向き合う形で着席する。

六人の外国人たちはそれぞれが立ったまま、他の椅子に腰を下ろしながらこちらを警戒するように見つめていた。先ほどはほかにも数人ほど外国人がいたはずだが、彼らはクオンに刺されたタンが運ばれた病院に向かったという。

やがて彼らのうちの一人がペットボトルに入ったお茶とコップを持ってきてくれた。

「ありがとうございます」

まどかが礼を言うと東南アジア人と思われる肌の浅黒い男性は「ドウイタシマシテ」と片言で答えた。しかしその目つきから警戒の色は消えていない。テーブルから離れながらもまどかたちを観察するように見つめていた。

どうやら歓迎されていないようだ。

「さっそくだけど、鵜飼社長のことについて聞かせてくれるかな」

高橋はメモ帳を取り出しながら言った。

「ええ、どうぞ」

立花はあらたまったように居住まいを正した。

「社長のことを恨んでいる、または恨んでいそうな人物に心当たりはないかな」

「うーん……。そりゃあ経営者ですから従業員に厳しいところはありましたけど、殺されるほど恨まれているなんてことはないと思いますけど」

「最近、社長の周囲でトラブルなんてなかった?」

「トラブルですか……」

立花はわずかに顔色を曇らせた。

「どんな些細《ささい》なトラブルでも知っていたら教えてほしい」

「十日くらい前ですかね。トックと口論になってましたね。社長があいさつをしないトックに注意して彼が反発したってだけのことなんですけど」

「トックってさっきの若い男性だよね」

最初にハウスを訪れたとき、立花にクオンとタンのトラブルを報告した東南アジア系の男性だ。

「そうです」

「彼もベトナム人かい?」

立花は首肯した。

「トックさんも実習生なんですか」

まどかが質問すると彼は小さく手を横に振った。

「彼は正確には研修生です」

「違うんですか」

「立場や待遇が違います。技能実習制度による実習期間は基本五年です。入国一年目の『一号』と二、三年の『二号』、そして四、五年の『三号』からなっていて、入国したばかりの人は一般的に研修生と呼ばれます。制度が発足した当初は入国一年間は研修生だったんですが、今はだいたい二、三ヶ月で実習生になれます。もちろんそのためには在留資格変更許可を受けなければなりませんけどね。トックは来日してまだ二ヶ月足らずなので研修生なんですよ」

「実習生とは待遇がどう違うんですか」

「雇用契約ではないから労基法の対象とならないみたいなんですね」

労働法規の対象とならないから最低賃金法も時間外労働の基準も適用されないということか。

「研修生はどのくらいもらっているんですか」

高橋は外国人たちに聞こえないよう声を潜めて尋ねた。

「彼らから聞いた話なんですが、だいたい月額七万円くらいのようです。賃金ではなくて講習手当という名目らしいですけどね」

「七万円か。生活するにはなかなか厳しいですね。このハウスがなければ無理でしょう」

まどかはそっと外国人従業員たちを見た。彼らの瞳には相変わらず警戒の色が浮かんでいるが、それでもどことなくどんよりとした澱《よど》みを感じた。日本で技術を身につけて母国の発展に貢献しようというポジティブな気配は微塵《みじん》もない。そこにはむしろ失望や幻滅が澱《おり》のように沈み込んでいるように思えた。

「このハウスの家賃も寮費という名目で手当から差っ引かれているらしいですよ」

「そうなんですか？　だったら食べるだけで精一杯じゃないですか」

まどかはあまりの待遇に少し驚いた。残された金額では本一冊を買う金すら残らないだろう。

「もちろんですよ。だから彼らは食事も料理当番を決めて人数分を作っているわけです。そうすることで食費を抑えることができますからね」

部屋の片隅には米や野菜が入ったダンボールが置かれている。まとめ買いをしてきたのだろう。

「それでも頑張って研修生期間を終えれば実習生になれるんですよね。そうなれば待遇はよくなるんでしょう」

「まあ、労働関係法規の対象になりますから最低賃金や時間外手当も守られます。それらを破ると今後実習生の受け入れができなくなりますからね」

「石坂さんは実習生の受け入れは国際貢献だと言ってましたよ」

「あのオッサン、よく言うよ」

立花は嘲《あざけ》るような笑みを浮かべながら呆《あき》れきったような口調で言った。

「国際貢献とか国際協力なんて大義名分に過ぎないんでしょうね」

高橋が苦笑しながら言った。これはまどかも察しがついている。

「送り出す国にとっては外貨獲得、実習生たちも日本で働いて稼いだ賃金を家族に送って裕福な生活をさせたいという思いがあるんですよ。日本と彼らの母国では貨幣価値の違いが今でも大きいですからね。そして受け入れる日本の企業は低賃金の単純労働者として働かせたい。建設業界はどこも人手不足で悩んでいますからね。現実問題として、実習生を含めた外国人がいてくれないと現場が成り立たないんですよ」

「送り出す側と受け入れる側の思惑が一致したということですね」

「そうです。国際貢献とか協力とか美辞麗句で飾ってますけど、単なる労働力輸入の抜け穴に過ぎません。国の本音としては外国人の受け入れはしたくない、でも人手不足で悩む企業側からなんとかしろと突き上げがくる。そこで実習生なんて言葉にすり替えているわけですよ。実際、母国に帰ったところで日本で修得した技術なんて活かされません。ほとんどの人は違う職種に就いてしまうそうなんです」

「ニュースなんかで移民問題とか議論されてますよね」

「移民はダメだけど研修生や実習生ならOKというわけです。ただ、日本はこれから先、本格的な高齢社会に突入します。いまは建設業や保育、介護の現場で人手不足が顕著になってますが、今後は事務職や管理職などホワイトカラーにも及んでくるといわれてます。さもなければ日本人の生活を支えるシステムはあらゆる分野で崩壊してしまいますよ。そうなれば今以上に外国人のマンパワーを必要とします。彼らを受け入れる態勢を整えることが急務だと思います。だけど今の技能実習制度はまるで蟹工船《かにこうせん》や女工哀史ですよ。国際貢献や国際協力といった建前と低賃金の労働力ほしさという本音の狭間《はざま》で研修生や実習生たちは追いつめられているんです！」

立花は握り拳《こぶし》を振り上げながら熱っぽく語った。

「立花さん、外国人労働者たちの現状についてお詳しいんですね」

まどかが言うと彼は照れくさそうに後頭部を掻いた。

「いやぁ、大学の卒論のテーマだったんです。きっかけはやはりバックパッカー生活ですね。現地でも日本で働きたいと熱望する若者が多くいました。それで日本在留の労働者のことを徹底的に調べました。知れば知るほど浮かんでくるのは怒りだけでした」

まどかは涙を浮かべながら石坂にすがるクオンの姿を思い浮かべた。

「先ほどのクオンは家族のために実習生として日本にやって来たんですね。あんなことになってしまい家族に送金することができなくなった。だからあんな追いつめられたような顔をして……」

「それだけではないんです！」

待ってましたとばかりに立花は身を乗り出す。

「ど、どういうことですか」

まどかは彼の勢いに気圧されて身を引いた。

「もちろん、あんな傷害沙汰を起こしたクオンに非はあります。石坂さんが言ってたとおり彼はもはや日本にはいられないでしょう。彼にとっては死活問題なんです。家族に送金できなくなったことも大きいのですが、それ以上に彼には相当の借金があります」

「それは本人から聞いたんですか」

高橋の瞳がキラリと光った。

しかし立花ははっきりと首を横に振った。

「いいえ。本人からは聞いてませんが、聞くまでもないことです。彼らにとって技能実習生として日本にやって来ることはたやすいことではありません。研修生や実習生の多くは多額の借金をしています。技能実習生として母国から送り出されるためには、政府の認可を得た仲介会社を通さなければなりません」

「なるほど、中間搾取というわけか」

高橋がまどかのほうを見て誇らしげに先読みしたが、その程度のことはまどかにだって読めている。

「ベトナム人の若者たちにとって日本はまだ憧《あこが》れの国なんですよ。ベトナムでは日本政府からの開発援助や日本企業からの投資の規模が大きいうえに、日本製品が普及してブランド化してますからね。彼らにとって日本はまだまだ経済大国なんです。だからこそ貨幣価値の違いから日本で働けば少なくとも母国よりはるかに高い賃金を得ることができるし、そのうえ先進国の技術や働き方を身につけることができる。帰国したらそれを活かして起業したいと彼らは夢を持ちます」

「だけどいまの日本はそんな一流といえるのかね」

高橋の疑問にはまどかも心当たりがある。

技術大国といわれてきた日本がその地位を中国や韓国に脅かされている。テレビやスマートフォンなど本来なら日本のお家芸だったはずの分野でそれらの国にシェアを奪われているとニュース記事で読んだことがある。

「それをことさらに喧伝《けんでん》して若者たちの野心を煽《あお》っているのが、技能実習生を送り出す、送り出し機関といわれる仲介会社です。彼らは日本で働くメリットだけを打ち出して彼らを引きつけます。これは卒論を書くにあたって取材して得た情報なんですが、技能実習生は保証金として六十万円、他にビザやパスポートの手数料、航空券や各種書類手続きの手数料として四十万円、合計百万円を仲介会社に支払います。これが相場だそうです。とにかくそれだけの金額をまだ来日もせず稼ぎを得てない段階で支払わなくてはならないんです」

「私たちにとっても百万円なんて超大金ですよ」

もちろんまどかにはそんな貯金はない。収入の多くがランチとして胃袋の中に消えているからだ。

「もちろん彼らにとってはさらに超がつく大金です。ちなみに保証金は三年の契約期間を満了すれば戻ってきますが、契約違反をすれば全額没収されます。とにかく彼らは元を取らなくてはならない。そうでなければ自分自身どころか家族が破滅してしまう」

「だからクオンは必死だったんですね」

まどかは得心した。彼がおそれていたのは警察ではなく、技能実習生として来日するために した借金を返済できなくなることだったのだ。

「まだ彼の場合、ちゃんと日本に渡航して実習生として働けていたわけだからマシです。仲介会社を紹介して手数料をだまし取る詐欺師や、保証金や渡航費用だけ徴収して実際には日本に送り出さない仲介会社も少なくないですからね。そうでなくても働くために百万円なんてぼったくりもいいところです。貧困者を食い物にしたビジネスだ。この世界は闇《やみ》が深いですよ」

「それはひどいな」

高橋が顔を歪《ゆが》めると、立花はお茶を口に含んでため息をついた。

そんな彼の姿を外国人従業員たちは先ほどよりさらにどんよりと淀《よど》んだ瞳で見つめている。

まどかにはそれが絶望の色に思えた。

彼らもやはり大きな借金と家族の将来を背負っているのだろうか。もしそうであれば詰め込まれて圧迫されたこの古い住居の中で押しつぶされそうな気持ちに苛《さいな》まれているのかもしれない。少なくとも彼らの瞳や表情に夢や希望を感じさせる光や色は見出《みいだ》せない。

「母国で食い物にされた彼らが来日して、今度は日本人に搾取されているわけです。たとえばこのハウスの家賃だってひどいですよ。トックたちに聞いたんですが一ヶ月三万五千円だそうです。ひと部屋に三人から四人も詰め込まれているんですよ。こんな老朽化した物件で空調設備も不十分です。今は春だからいいですけど、彼らは真夏や真冬になると暑さや寒さに耐えながら過ごしてますよ。そのことを会社に訴えてもなにもしてやらないんです。会社にとってトックたちは奴隷同然なんです」

立花は拳をテーブルに叩《たた》きつけた。手首に巻いた数珠状のブレスレットがテーブルにぶつかってカチンと音を立てた。彼は思わずといった様子でブレスレットを庇《かば》うように手で覆った。

外国人たちは日本に来れば月給二十万から三十万はもらえると思っていたという。しかし実際には保険料や税金、そして家賃を差し引くと手元には十万円も残らない。しかもそれがすべて生活費として使えるわけではない。

彼らには莫大な借金があるのだ。家族への送金や貯金などできるはずもない。夢と希望を持ち憧れの国にやって来たはずなのに、貧困はそのままにそれ以上のストレスに苛まれることになる。

「彼らだって人間です。ストレスを溜め込めば壊れてしまう。クオンは本来は気が優しくて大人しい性格でした。今回の騒動だって原因をたどっていけば彼らの置かれた劣悪で過酷な待遇に行き着くはずです。たしかに彼のしたことは許されることではないですけど、彼がそこまで追い込まれたのには理由があると思うんです。そもそも外国人技能実習制度とは……」

「建前は技術の習得となっているわけだけど、そうじゃないんだな」

高橋がまたも先読みした。

「え、ええ……」

つい先ほどまで饒舌《じょうぜつ》だった立花が高橋の問いかけに対して突然、口ごもった。

「君が証言したことは会社には伝わらないようにする」

「そうですか……」

「だから安心して証言してほしい」

会社にとって不利になる発言は立花の立場を悪くしてしまうこともあるだろう。彼はそのことを懸念していたようだ。

「いや、でもこのことは世間に問うべき問題です。外国人労働者たちの闇はまだまだ世間に知られていないですから」

立花は意を決したように居住まいを正した。

「技能実習の実際は単純労働です。重量物の運搬やさほど技術を要さない加工や撤収作業などの雑用や下働きばかりです。もちろんそれらは職人たちも嫌がる内容ばかりですよ。専門的な技術のレクチャーなんてまったくされてませんでした。あれでは三年で技術習得なんてあり得ません。去年、そんな会社の処遇に不満を持った実習生が『技術指導してほしい』と石坂さんに訴えました。すると『そんなことをしても三年後にはお前たちは国に帰る。お前に教えても会社は一円の得にもならない』と言われたそうです。だけどこれ以上、不満をぶつければ追い出されるかもしれない。そうなれば多額の借金を返せなくなってしまう。そんな恐怖感からどんな仕打ちを受けても訴えることができない」

「監理団体というのがあると聞きましたよ」

まどかが言うと立花は鼻で笑った。

「国際人材研究協同組合でしょう。あそこは話になりません。監理団体というのは本来、技能実習制度が適正に機能しているかを監理する機関です。賃金や労働時間、就業内容などはもちろん、技術習得のための指導がきちんと行われているかをチェックする役割があります。もちろん、実習生たちに対しても規則遵守などを指導していきます。多くの団体はまともに機能していると信じたいのですが、中には国際人材研究協同組合のように完全に企業寄りなところもあります。なんでもかんでも実習生が悪いとしてしまうんです。なのでうちの実習生は下手に監理団体に訴えることもできない。そんな状況に実習生たちは追いつめられているんだ」

彼は吐き捨てるように言った。

「彼ら外国人と日本人従業員との待遇格差はどうなんですか」

まどかが問いかけると彼は苦々しく口元を歪めた。

「僕たちだって食べるのに精一杯の生活ですけど、それでも彼らと比べれば随分と恵まれて……いや、本来これが普通なんですよ。この会社の賃金は業界でも平均といったところです。もちろん彼らとの格差はありますよ」

「うむ、そちら方面も調べてみる必要があるな」

高橋はメモ帳を閉じてペンと一緒にポケットに収めた。

立花はすべての思いを吐き出したようで、ため息をつくと残ったお茶を一気に飲み干した。

「率直に言って、社長さんはどんな人柄でしたか？　特に従業員にはどうだったでしょう」

　まどかが聞くと彼はコップをテーブルの上に置いた。

「仕事には厳しかったですね。ただ、従業員思いでしたよ。特に実習生には温かい声をかけて励ましてました。彼らも社長のことを悪く思ってないはずです」

「だけど、実際に彼らの待遇は良くないわけですよね」

「それはたしかにそうなんですけど、それでもなんだかんだ言って彼らがここまでついてきているのも社長の人柄があったからだと思います。僕もそうですからね」

　表情からして本音で語っているように思えた。

「従業員と社長の間にトラブルはなかったですか」

　まどかはそれとなく実習生たちに視線を向けた。

「どうでしょう？　トックとの口論以外なかったんじゃないかな。特に社長は実習生たちのことを気にかけていましたからね。とはいえ実習生の扱いについては石坂さんが仕切ってました。だから彼らの声は社長にはなかなか届かなかった。届いたとしても石坂さんが社長を上手いこと言いくるめてしまいますからね。トラブルなら社長よりむしろ石坂さんですよ。こう言ってはなんですけど、あの人は人種差別やヘイト的な発言が多いですからね。実習生たちのことを使い捨てのコマにしか思ってないですよ。実習生たちだってバカじゃない。そんなことくらいちゃんと分かってる。それでも大きな借金があるからここにしがみついていなければならないんです。正直、殺されるなら社長じゃなくてもよかったのにと思いますよ」

立花は眉をひそめながら言った。

どうも石坂のことをよく思ってないようだ。

彼は立花を通じて実習生たちに指示を出していた。その中には理不尽なものが少なくなく、立花もそれを伝えるのが辛《つら》かったという。

社長にもそれとなく伝えたが、石坂の立ち回りによって状況が改善されることはなかったようだ。

「また話を聞かせてもらいに来るかもしれませんが、よろしくお願いします」

まどかと高橋は頭を下げると部屋の出入り口に向かった。

「ケイジさん」

そのとき実習生のひとりに声をかけられた。色黒で東南アジア系特有の彫りの深い顔立ちをしている。

まどかたちは立ち止まる。

「なにか？」

「シャチョウさんをコロしたヤツを見つけてくだサイ」

実習生の青年はたどたどしい日本語で告げた。

「おネガイします」

他の実習生たちも真剣な眼差《まなざ》しで同調してきた。彼らは社長のことを慕っていたらしい。

「犯人は絶対に逃がさないさ」

高橋は彼らに向かって握り拳を見せた。

こちらも本気だ。

そんなやりとりを立花はブレスレットをいじりながら見つめていた。

Murderous intent makes delicious food.

＊

# 第3章　容疑者浮上

次の日（四月二十二日）。


「とりあえずランチだな」

高橋が時計を見ながら言った。

そんなものを見なくてもまどかの胃袋が正午を回ったことを教えてくれる。我ながら超能力だと思う。

そしてそれが捜査の役に立ったことは一度もない。

「思ったより時間がかかっちゃいましたね」

今日は朝の捜査会議を終えてから、書類手続きが必要になったのでその作業に追われた。煩雑な手続きだったこともあり午前中いっぱいかかってしまった。

まどかは書類作業が苦手である。だが高橋の方はそれ以上に苦手なようだった。

結局、まどかが手伝ってなんとか乗りきった。

「どこにする」

「今日は待ち時間が少ないみたいですよ」

まどかはエントランスホール奥にある地下に通ずる階段を指さした。そこにはティファニーの味気ないデザインの置き看板がある。

「ほぉ、たしかにそのようだな」

「いつもより列が短いですよ」

ティファニーは混雑するときは列が署外まで延びることがあるが、たまにそれほどでもないことがある。

今日はかなり少ないほうだ。とはいっても列の最後尾は階段を上りきったところにあるが。

「よし、ティファニーにするか。今日は生姜焼《しょうがや》きの気分だ」

高橋は腹に手を置いて舌なめずりをした。

「今日はっていつもじゃないですか。高橋さんは本当に本当に生姜焼き定食が好きですね。他の定食屋でも注文してますもんね」

「まあな。生姜焼きってまず外すことないだろ。どの店で食べてもそこそこ美味《うま》いからな。その点、お前はチャレンジャーだよな。いろんなメニューに果敢に立ち向かう。マズいかもしれないというリスクを怖《おそ》れない」

「そんなリスクを怖れていては美味《おい》しいランチを開拓できませんよ」

そのエリアのランチを制覇するには金と時間はもちろん、なによりも情熱が必要である。

ハズレを怖れていてはレパートリーが固定化されてしまい、それ以上の出会いがなくなってしまう。

ハズレを知っているからこそ、アタリが分かるのである。

我ながらけだし名言。

「相変わらずその方面だけについては意識高い系だな」

高橋が苦笑いを見せた。

その方面だけという言い草に引っかかったが、たしかにそうかもとすぐに思い直した。

とりあえずランチに関してだけは他人にも自分にも厳しい。

それから十五分ほどでまどかたちの順番が回ってきた。

高橋は券売機で迷うことなく生姜焼き定食を選んだ。

「ええっと今日は……どうしようかなあ」

「あんまり悩んでる時間はないぞ」

高橋が腕時計を指さした。午後から聞き込みを展開しなければならない。

「ですよねえ……よし、チキン南蛮定食に決めた！」

まどかはバチンと弾《はじ》くようにボタンを押した。取り出し口に食券がするっと落ちてくる。

二人は厨房《ちゅうぼう》のカウンターに食券を提出した。

奥のほうに相変わらず巨体の古着屋の姿が見える。客たちのことは気にも留めない様子で料理に向き合っていた。

その表情にはなんら感情が読み取れない。

というよりむしろ顔についた肉の重みが彼の表情を打ち消しているように思える。目尻《めじり》も口角も頬《ほお》も肉の重さで下がっている。

「それにしても石坂の評判は悪いようだったな」

水を注いだコップをテーブルの上に置いて着席すると高橋が声をかけてきた。

「対して鵜飼社長は慕われていたみたいですね」

朝の捜査会議でそれぞれの刑事たちが聞き込みから得た情報を報告した。

まどかたちの得た情報と同じく、社長の人柄は高く評価されている。

そして石坂の評判はすこぶる悪い。

しかし会社を運営する能力は高く、今の業績が保てているのは彼の手腕によるものだと、彼のことを悪く言う従業員たちも認めていた。

今のところ、鵜飼社長が他人に強い怨恨《えんこん》や殺意を抱かせたようなトラブルは見出《みいだ》せていない。

業者とのトラブルがないわけではなかったが、それでも殺意に至るようなレベルのものとは思えない。その程度のトラブルはこの業界では珍しくないという。

通り魔ではないかという見方もあるが、もしそうなら犠牲者は一人ではなかっただろう。それに通り魔にしては手口が執拗《しつよう》かつ残虐すぎる。やはりこの手口からは相当な怨恨の気配が窺《うかが》える。

「従業員に外国人が多いのは気になるな」

「そうですね。今の外国人技能実習制度は本音と建前があからさますぎますよ。企業が外国人労働者を食い物にしている感は否めませんね」

「そうだな。なんとなく彼らの待遇が悪いというのは想像していたけど、あそこまでひどいとは思わなかった。大部分の企業は適正に扱っていると信じたいが、それでも確実に一部の企業は外国人労働者たちを奴隷のように扱っている」

「私たち日本人も外国人労働者たちのことを必ずしもよく思ってない節がありますよね」

「彼らに仕事を奪われるという危機感があるんだろう。そして特に東南アジア人を低く見ている者も少なからずいる」

「外国人は犯罪率が高いというイメージがありますからね」

「最近のデータによると在日ベトナム人の犯罪件数が在日中国人を抜いたこともあるらしい」

「そうなんですか⁉」

「それだけ多くのベトナム人が日本に送り込まれてきているんだろう。まあ、どの人種にも犯罪に走る者は一定数いるさ。だけど数ばかりじゃなくてその原因も考えないとな」

「そうですよ。やむにやまれず犯罪に走ってしまうような境遇や状況がありますからね。それがきちんと改善されればそんなことにならなかったかもしれない。でも立花さんの話を聞く限り、外国人労働者がそうなってしまってもおかしくないですよ」

「善人を食い物にしていればいつかはしっぺ返しがくる。もしそれが犯罪件数の増加にリンクしているとしたら、純粋に彼らだけを責めるわけにはいかないな」

「同感です。彼らだって人間なんだから虐げられれば悲しい気持ちになるし傷つきますよ」

まどかは外国人実習生たちのどんよりとした瞳《ひとみ》を思い浮かべた。そこには希望の光はまるで窺えなかった。日本という豊かな国に来たはずなのに、彼らは豊かさとはかけ離れた生活を余儀なくされている。

「あと、あの二人も気になるな」

「鵜飼夫人と石坂道夫ですか」

「お前だってピンと来ただろう」

「もちろんですよ」

二人は男女の関係にあるという可能性。

そのことは捜査会議で報告した。

すると藤沢課長に二人の関係を洗うよう命じられた。

「もしあの二人が不倫関係にあったとしたら、邪魔な人間を排除したってところかな」

石坂にとっては社長がいなくなることで取って代わる可能性があるだろう。

「それにしてもあそこまでひどい殺し方をしますかね。滅多刺しでしたよ」

「まあ、痴情のもつれ、男女間のトラブルだからな。なにが起きても不思議はないさ」

目を閉じると脳裏に鵜飼豊子の気弱そうな顔が浮かんできた。

なんらかの理由で逆上すれば、あそこまでできるだろうか。

次に石坂。従業員たちの評判はよろしくないし、まどかも好印象は抱いていない。しかしあんな残酷な殺しをするようなタイプには思えない。

しかしそれは思い込みであり先入観だ。捜査に持ち込んではならない。

そのときふわりといい匂《にお》いがした。

まどかは瞼《まぶた》を開いた。

目の前にはチキン南蛮定食が置かれていた。

高橋の前には生姜焼き定食。

そしてすぐ近くに古着屋が立っていた。考え事をしているうちに彼が料理を運んでくれたらしい。

いつの間にか口の中が唾液《だえき》であふれていた。

「どうやら室田署の刑事は暇人が多いらしいな」

彼は表情を変えずに言った。

「そんなことないですよ。これから聞き込みです」

「そうか」

さほど興味がなさそうだ。まどかに声をかけたのもなにかの気まぐれだろう。

「それはそうと、アジアのエスニック料理はおかないんですか。タイやベトナム、カンボジアの料理は美味しいですよ」

先日食べ損ねたカンボジア料理を思い出す。

「ふん」

古着屋はクルリと背中を向けるとそのまま厨房に向かっていった。

「相変わらずおもてなしの『お』の字もないな」

高橋は笑みを見せながらも小さくため息をついた。

「この料理があればそんなものいらないでしょう」

まどかは割り箸《わばし》を割った。

飴色《あめいろ》のチキンの南蛮漬けの上ではタルタルソースがとろけている。

このソースも古着屋が独自に調合したものだろう。それにしてもいつだって見た目は普通だ。

「それではいただき……」

箸の先を料理につけようとして手を止めた。そのままじっと料理を見つめる。

「どうした？」

それに気づいた高橋が聞いてきた。彼もまだ料理に口をつけようとしているところだった。

「いや、昨日の実習生たちのことを思い出しちゃって……」

彼らはティファニーでランチをする余裕もないんだよな……。

「あのなぁ、世の中は平等じゃないんだよ。そんなこといまどきの小学生だって知ってるぞ」

高橋が呆《あき》れたようにまどかを見つめた。

「そりゃ、そうですけど……。でもそれって身も蓋《ふた》もない考え方ですよね」

「たしかにな。でもな、もし世界中の人たちにすべてのリソースを平等に分配していたらどうなると思う。間違いなく俺たち日本人の生活レベルは大きく下がることになる。『ランチどこにする？』なんて言ってられる余裕はない。お前の望むランチは実現しない」

高橋は人差し指でまどかを差しながら言った。

「そ、それは困ります……」

「そうだろ。だからお前の言いたいことは偽善に過ぎないんだよ。俺たちがそれなりに豊かでいられるのも、そうでない多くの人たちがいるからだ。その人たちのために今の生活レベルを捨てられるかって話さ」

「え、ええっと……」

反論や釈明の言葉が出てこない。

たしかに高橋の言うとおりだ。そんなことを口走った自分自身が恥ずかしくなった。

「マジになるなよ。飯が不味《まず》くなるだろ。ただ俺が思うのは、少しでも豊かな人間はそうでない人間をわずかでもいいから幸せにしてやる役割がある。少なくとも搾取したり食い物にしたり虐げるのは以《もっ》ての外だ。あの鵜飼鉄筋がそういうことを本当にしているのなら見過ごすわけにはいかないな」

「ですよね！」

「とにかく今はこちらに集中しよう」

それから二人はただひたすら食事に夢中になった。

もちろん我を忘れるほどに。


まどかたちは鵜飼鉄筋に向かった。

今日は葬儀のため鵜飼社長夫人である豊子は姿を見せておらず、石坂も葬儀後にクライアントとの打ち合わせに向かっており、夜まで出社しないという。従業員の多くは現場に出払っているようで、社に残っているのは主に事務員だった。

社長が殺害された事件直後とあって彼らは神妙な表情を浮かべていた。

「あ、あのぉ……」

そんな状況でまどかは高橋に声をかけた。

「どうした？」

「ちょっとおトイレに行って来ます」

実はここに到着する少し前から我慢していたのだ。

高橋は「しょうがねえな」と言わんばかりの顔をしてうなずいた。

「すぐに戻ります」

まどかはそう言い残すとそそくさと二階にあるという女性用トイレに向かった。

個室に入るとしばらくして洗面台のほうから若い女性の会話が聞こえてきた。どうやらここの従業員がさぼっているらしい。

一人はハスキーボイス、もう一人はアニメキャラのような可愛《かわい》らしい声をしている。

一人が水道の蛇口をひねったようだ。水が流れる音が聞こえる。

「ねえ、今日も警察が来てるよ」

ハスキーボイスが言った。

「私も見たよ。これからしばらく来ると思うよ」

アニメ声が答える。

この二人、顔は見えないがイメージが浮かぶ。

ハスキーボイスは長身スレンダーで大人びたタイプ、アニメ声は小柄で童顔。我ながらステレオタイプなイメージだと思う。

「うちの会社、大丈夫かな」

「社長の人柄も大きかったからね。私もあの社長だからやってこれたって感じだもの。でも大丈夫じゃないかな。専務が上手《うま》くやるでしょ」

アニメ声は心なし淋《さび》しそうだった。

聞き込みどおり社長は従業員たちからの信頼が厚かったようだ。

そんな社長を滅多刺しにするまで恨んでいた人間がいるのだろうか。

「専務かぁ……」

ハスキーボイスがため息をついた。

「私もあの人が苦手だなあ」

アニメ声も同調するように息を吐いている。

「得意な人なんていないわよ。ぶっちゃけ専務だったらって……」

ハスキーボイスが語尾を濁した。

「不謹慎だけど同感。社長は経営以上に人とのつながりや絆《きずな》を大切にしていたよね。だけど専務は結果重視よ。業績を上げられるなら多少の犠牲は厭《いと》わないって性格」

アニメ声が責めるような口調で言った。

「社員にも冷たいものね」

「特に実習生の人たち。使い捨てのコマくらいにしか思ってないわよ」

「とはいえ、あの人たちもなにかとトラブル起こしてくれるからね。昨日もケンカで流血《りゅうけつ》沙汰《ざた》になったじゃない」

ハスキーボイスが鼻で笑いながら言った。

「たしかになかなかなじめないってのは否定できないよね。言葉が今ひとつ通じないから上手くコミュニケーションが取れないし。あの人たちも一生懸命やっているんだろうけど、仕事は案外雑だって監督さんが言ってたよ」

「私の元カレの会社も東南アジアの実習生を受け入れていたけど、何人かは失踪《しっそう》しちゃったんだって」

「その会社じゃないけど、そんな話はニュースで聞いたことがあるよ。実習生なんて呼んでいるけど、実質は難民とか移民よね」

アニメ声が呆れたように言う。

「あの人たちだって技術習得が本当の目的じゃないわけよ。母国より賃金のいい日本でお金儲《かねもう》けをしたいだけ。でも外国人労働者なんて迷惑な話よね。外交官とか企業のお偉いさんならともかく、そうじゃない人たちのほとんどが貧しいわけでしょう。そんな人たちが日本に滞在すれば治安も悪くなるし、どうせ貧乏から抜け出せないんだから、最終的にはなんらかの形で日本の福祉のお世話になる。それって結局私たちが汗水垂らして働いて納めた税金じゃないの」

「基本、同感だけど、その話は外でしてはダメよ。今はちょっとでも外国人を否定するようなことを口にするだけでレイシスト呼ばわりされるからね」

アニメ声は相手をさとすように言った。

たしかに外国人を揶揄《やゆ》するようなことをSNSなどに書き込めばあっという間に炎上する。もっとも最近では意図的に炎上させて注目を集めようとする輩《やから》も少なくないらしいが。

実際のところ、まどかはこの手の話に疎かった。

知り合いに外国人がいないというのもあって関心が今ひとつ低めである。

「おかしいんだよ。外国人が流入してくれば争いや諍《いさか》いが起こって私たち日本人が大きなストレスを抱え込むことになるのに。移民問題なんてヨーロッパを見れば分かるでしょうに。どうしてそんなネガティブなことやリスクを受け入れなくちゃいけないのよ」

「正論やきれい事で相手を論破することに命をかけている人がいるのよ。あとはヒステリーね。この手の人権問題がからむとやたらとヒートアップするからね。そういう人たちが騒ぐのよ」

アニメ声の言うことにまどかも一部同感だ。

この手の話に関心を持てないもう一つの理由に議論する者たちの気質がある。すぐにヒートアップして罵詈《ばり》雑言《ぞうごん》が飛び交う印象が強い。

実際に在日外国人の人権問題を扱ったＳＮＳや掲示板はなにかと荒れる傾向にある。

その中にあえて入り込もうとは思えない。

「とにかく本音と建前ね。この二つを上手く使いこなさなくちゃ生きていけない。面倒な時代よね」

「言えてる」

二人のどことなく乾いた笑い声が重なった。

まどかは個室の中で息を潜めた。幸い外の女性たちは気づいていないようだ。

「あのこと聞かれるかな」

ハスキーボイスが警戒するような声になった。

「あのことってなに？」

アニメ声が聞く。

「ああ、やっぱり気づいてないんだ」

「なんのことよ」

アニメ声はもどかしげだ。

「社長の奥さんと専務のことよ」

「知らない……ってまさか⁉」

「前々からあの二人、どことなく怪しいと思っていたんだよね」

まどかは思わず個室の扉に耳をつけた。聞き逃すわけにはいかない。

今ごろきっと高橋はなかなか戻ってこないまどかに焦《じ》れていることだろう。

「奥さん、たまに会社に顔を出すのは知っているけど、そんなの気づかなかったよ」

「そりゃあ、社長もいるし、注意深くカムフラージュしているわよ」

「でもあなたは疑っていたんでしょう」

「実は見ちゃったんだよね。二人が円山町《まるやまちょう》の路地を一緒に歩いているところをさ。二人ともサングラスや帽子でしっかり分からないようにしていたけど、私の目はごまかせないわ」

ハスキーボイスが誇らしげに言った。

「あそこってラブホがたくさん並んでいるところだよね」

アニメ声が弾んだ。おそらく瞳を輝かせていることだろう。

円山町は渋谷駅の西側、道玄坂《どうげんざか》の北側に広がるエリアでラブホテル街として知られている。

「ホテルから出てくるところを押さえたの？」

アニメ声がさらに追及する。

「いいえ、路地を歩いて駅の方に向かって行ったわ。奥さんは途中でタクシーに乗ってそこで別れたみたい。平日の昼下がりにあんなところにいるなんて明らかにおかしいでしょ。向こうは私に気づかなかったみたいだけど」

ところでどうしてハスキーボイスもそんな時間にそこにいたのかとつっこみをいれたいところだ。

「うん、それは間違いないね。あの奥さん、社長を裏切っていたんだ。うわぁ、引くなあ」

アニメ声の言うとおり、二人はクロだろう。

もっとも二人のやりとりを見ていれば予想がつくことだ。ただ、それに対する確証がなかっただけである。ハスキーボイスの証言はそれに近いものがある。

もちろん今後、本当にホテルに立ち寄ったのかウラを取る必要がある。ホテルに当たったり路上に設置された防犯カメラを確認したりすれば分かることだ。

「そのことは他の人にも話したの？」

「うん……二、三人の友人にね。会社の人たちには話してないわ。さすがに話せないよ、そんなこと」

「そうよねぇ……」

それだけハスキーボイスはアニメ声の彼女に信頼を置いているのだろう。二人のやりとりからしてつき合いもそれなりに深そうだ。

「専務はともかく奥さん、そんなに美人でもないのに。大学生の息子がいるのによくやるね」

ハスキーボイスはまたも鼻で笑った。

鵜飼夫妻の間には法政大学に通う博也という一人息子がいる。対して石坂は五年ほど前に離婚していて現在は独身である。前妻との間に子供はいない。離婚理由は前妻の浮気という。

「二人の不倫と社長の事件は関係ないのかな」

アニメ声が慎重な口調で言った。

「さすがに殺すなんてことするかな。ただ、社長と奥さんの関係は冷え切っていたみたいね。実は息子さんは私と同じ大学に通っていてさらに同じサークルに所属しているの」

「バドミントン同好会って言ってたよね」

「そう。だから彼は私の後輩なのね。私が四年生のときに入学してきて、そのときには私もほとんどサークルに顔を出さなくなっていたから面識はないわ。だけど息子さんはそのサークルの女の子とつき合っていて、私はその子のことを可愛がっていたからよく知っているの。昨日、彼女にそれとなく電話したら、彼氏の両親の話をしたわ。仮面夫婦だったんだって」

「もしかしたら夫公認の不倫だったかもしれないね」

「たぶんそうじゃないかって話だったわ」

「そうなるとわざわざ殺すことなんてないじゃない」

「まあ、生命保険とか動機はいろいろと考えられるんだけど、普通の人が自分の家族や上司を殺すってそうそうできることじゃないわね」

「発覚すれば破滅だもんね」

　まどかは個室の中でうなずいた。

　アニメ声の言うとおり生命保険目的にしてもリスクが大きすぎる。

たしかに会社の経営者がかける生命保険だけあって金額はそれなりに大きいが、豊子もすでに二人の預金残高やローンなどの履歴を他の捜査員が調べたが、それなりの預貯金石坂も金策に窮している様子はない。

や資産を持ち、大きな借金を抱えているわけでもない。

　金銭目的でなければ痴情のもつれや怨恨になろうが、それについては今後さらに調べていく必要がある。

「そろそろ戻ろうか。あの負け犬の主任に怒られちゃうよ」

　ハスキーボイスが「負け犬の主任」の部分で声を潜めた。

「あのオッサン、仕事ができないくせに部下には偉そうなんだよね」

「なんだか辞めたくなっちゃったなあ」

「同感。あの専務がトップに立ったら雰囲気も変わっちゃうだろうしね。ただでさえピリピリモードなのに」

アニメ声が同意する。

「でも転職先がブラックだったら目も当てられないよ」

「まあね、ここはギリギリまともだったかな」

彼女たちにとって鵜飼鉄筋は必ずしも悪い職場ではなかったようだ。

「実習生たちにとってはブラックなんだろうけどね」

「それ、言ったらまずいでしょう」

やはり外国人技能実習生たちを使い捨ての労働者として扱っていたのは事実のようだ。

彼らの淀んだ瞳を思い出す。夢や希望を剝奪《はくだつ》された色合いだった。

あの瞳に殺意が宿ることもあるのだろうか。

やがてハスキーボイスとアニメ声が遠ざかったので、まどかはそっと個室から出た。

洗面台の鏡の前でそそくさと髪型を直して高橋のもとに向かう。まどかを目に留めた彼は「長すぎる！」と口パクで告げた。

高橋はスーツ姿の一人の男性と話していた。メタボ体型で髪に白いものがまじっている。肌つやや見た目からして年齢は石坂と同じくらいだろう。

「ちょっとそのことについて詳しくお話を伺いたいのですが」

「え、ええ……」

男性は戸惑っているようだ。

「御社の社長が殺されたんです。ご協力をお願いしたい」

高橋は男性に顔を近づけて口調を強めた。社員たちが警戒するように見つめながら通り過ぎて行く。

「分かりました。ここではなんですので二階の会議室のほうでお願いできますか」

「もちろんです」

まどかと高橋は男性について二階に上がった。

案内された部屋は昨日、石坂や豊子と面会した会議室だった。ブラインドが下げられているので室内は薄暗くひんやりとしている。

男性はブラインドを上げるとまどかたちに着席を促した。

「お茶を出したいところですが、今は人手が空いてなくて……今日も午前中は社長の葬儀だったので」

済まなそうに言いながら男性はまどかたちと向かい合って着席する。

「大変でしたね」

高橋がメモ帳とペンを取り出しながら言った。

「そちらの女性も刑事さんですか」

「紹介が遅れましてすみません。私と同じ室田署の國吉です。ちょっとトイレに行ってたので……」

「ゴホン」

まどかは高橋の言葉に咳払《せきばら》いを重ねた。トイレのことは余計だ。

「私は営業の桑原《くわはら》と申します」

男性はまどかに名刺を差し出した。

高橋はまどかがトイレに行っている間に受け取っていたようだ。名刺には「営業主任桑原清輝《きよてる》」と印字されていた。

見た目通り、石坂と同じ年齢で会社の同期だという。

先ほど、トイレで女性二人が話していた「負け犬の主任」とは桑原のことではないか。専務と主任では役職的に開きがある。部下からは「目下の者には偉そうな態度を取る仕事のできない上司」という評価をされているようだ。

「それで先ほどの話の続きですが、社長夫人と石坂専務の関係のことです」

高橋は単刀直入に切り出した。

「まあ、あの二人に関しては公然の秘密ですね。社内でも知っている者は知っていますよ」

桑原は薄笑いを浮かべて答えた。

「不倫なんですか」

「世間的にはそうなんでしょうね。豊子さんは既婚者ですから」

「社長も知っていたわけですか」

「ええ。石坂もいい年齢《とし》して、まあよくやりますよ。人の上に立つ者にしては節操がないとしか言いようがない。もっとも彼は立ち回りが上手いですからね。豊子さんを味方につけておけば有利だという計算があったかもしれないですね」

桑原は吐き捨てるように言った。

どうやら彼は同期で出世した石坂のことを快く思っていないようだ。

この年代になれば役職や給与にも大きな差がついてしまう。そんな石坂に対する嫉妬心《しっとしん》を持てあましているのかもしれない。

「つまり二人の交際を認めていたわけですか」

「公認していたのか、気づかないふりを決め込んでいたのか、夫婦のことまでは知りません。ただ、奥さんの石坂に対する態度からして公認していたと思いますけどね」

「それなら仮面夫婦ですね」

「社長も社長でよろしくやって……おっと」

桑原は誰かの聞き耳の気配を探るように周囲を見回した。

「今の話を聞かせてください！」

高橋は身を乗り出した。ペンを握る指にも力が入っているようで関節が白くなっていた。

「こちらも公認じゃないかな。社長はただの友達だと言ってましたけど、とてもそうは見えなかったですね」

桑原は意地悪そうな笑みを浮かべた。

「どんな女性ですか」

「相手はちょっと派手目の水商売風の女性ですよ。会社にもよく顔を出してましたからね。豊子さんとも顔見知りのようでしたよ」

桑原はすぐに笑みを打ち消して神妙な表情になった。内心は社長や専務たちの節操のなさに呆れているのだろう。

「顔見知りですか」

「豊子さんもたまにだけど会社に顔を出します。そのとき二人が気さくな様子で会話してましたよ」

「二人は友人関係ですか」

「どうなんでしょうね……そこまでは分かりません。そもそも奥さんと愛人が仲良しなんて関係も理解を超えてますけどね」

桑原はフッと鼻で笑った。

「その女性の名前とか分かりますか」

「取違《とりちがい》さんって名字でした」

「トリチガイ？」

「ええ、変わった名字だったので覚えているんです。雰囲気からして夜のお店の女性だと思います」

さすがに店の名前までは知らないようだ。高橋は女性の名字をメモした。

「他になにか気になることはありませんか。なんでもいいです。最近、社内で起こったトラブルとか社員同士の揉《も》め事《ごと》とか……」

「そんなの掃いて捨てるほどありますよ。我々、建設業界は表に出ないトラブルが多いんです。プロジェクトには大きなお金が動きますからね。その中で他人を食いものにする輩もいればその逆もいる。得をする立場の者は損をする人たちから恨まれたりしますよ」

桑原の肩をすぼめる仕草がわざとらしく見えた。

「御社はどういう立場なんですか」

「うちは中小、むしろ零細に近いですから得することは少ないですね。美味しい汁は大手や準大手があっという間に吸いつくしてしまいますからね。うちに回ってくるころには味がしなくなってます。営業なんかやってると何度も煮え湯を飲まされてますよ。社長も忸《じく》怩《じ》たる思いだったに違いないです」

それについては昨日、石坂も語っていた。

「従業員はどうですか。御社は外国人技能実習生を受け入れているようですが」

「正直、彼らがいないと仕事が回らないです。本来はうちの技術をきちんと修得させてやるべきなんですが、なかなか教育のほうまで手が回らないのが現状ですね」

桑原は頬をポリポリと掻《か》きながら言った。

本来はそういう会社に不利になることは口外しないものだと思うが、そういう部分が出世できない理由なのだろうか。

「でも言語や文化や風習の違いなんかで一緒に仕事をしているとトラブルになりませんか」

「私は現場の人間ではないのですが、そういった話は耳に入ってきますね。まあ、なんというか……彼らを下に見ている輩もいるみたいです」

「イジメとかなかったですかね。いわゆるパワハラとかセクハラみたいなモラハラってやつです」

高橋は慎重な口調で尋ねた。

「そういうのはうちだけでなく、表に出てこないだけでどこにでもあるんじゃないですか。ブラックとかホワイトとか関係ないですよ。警察だってそうでしょう。階級の違いとかあるじゃないですか。そういうのってパワハラを生み出しますよね」

「ま、まあ……そうですけど……」

高橋は苦虫をかみつぶしたような顔で頭を掻いた。

組織に属していれば理不尽に思うことは多々ある。それがモラハラなのかどうか判断が難しいところだ。

しかし世間ではそれで苦しんでいる人が少なくないことは想像できる。

「実習生に対してはいろいろとトラブルがあるようですね。彼らに友好的な者もいますが、多くは日本での仕事や生活になじめてないんじゃないかな」

「彼らを下に見ている輩がいるとおっしゃってましたが」

「うちの従業員にも問題児みたいなのはいますよ。特に現場の人間は血の気が多くてやんちゃな人間が少なくないですからね」

桑原の表情がわずかに曇った。

「たとえば誰ですかね」

「鬼頭《きとう》ってのがいるんですけど、目上の者の言うことを全然聞かなくて、よくトラブルを起こすみたいですね。部署が違うので顔を合わせることは多くありませんが、見た目からしてチンピラ風ですよ」

高橋はメモ帳にメモした。

それからまどかたちは桑原にいくつかの質問をした。

彼はいずれも率直に答えてくれた。

中には会社のイメージダウンにつながるような内容もあったが、彼はさほど気にしていないようだ。出世できなかったことで愛社精神が薄れているのかもしれない。

しかしそういう人間のほうが話を聞き出しやすいのも事実だ。

基本的に社員は会社にとって都合の悪そうなことに関して口を閉ざす。

そんな彼らから正確な証言を引き出すまで粘り強く聞き込みを重ねるわけだが、どうしても時間がかかってしまう。なので桑原みたいな人物は貴重な存在だ。

「ありがとうございました。また話を聞かせてもらいに伺うかもしれません」

「協力は惜しみませんよ。なんだかんだいって社長は我々従業員思いの人物でしたからね。結局、会社や組織にとって大切なのは人なんですよ。今の専務はそのことが分かってない。それに、社長が死ぬことで一番得をしたのは彼ですよ」

桑原は本気で石坂のことを疑っているわけではないと思うが、犯人であってくれればいいと考えているのかもしれない。そこまで相手に嫉妬や悪意を抱いているのだろう。

「なるほど」

高橋は無表情でうなずきながらメモ帳を閉じた。

捜査に先入観は禁物だ。

まどかと高橋は会議室を出て桑原と別れた。彼はこれから取引先に用事があると少し急いだ様子で階段を降りていった。

「取違に鬼頭。この二人のことは調べてみる必要があるな」

「それにしても社長にも愛人がいて、奥さん公認だったかもしれないなんてすごいですね」

「夫婦がお互いの不倫を認めていたということか。それで別れないってなんなんだろうな」

「家族という体裁は手放したくなかったのかもしれませんね。また家族を一からスタートするのって大変そうですから」

数十年にわたって培ってきたものを手放すのはたしかに勇気のいることかもしれない。ただ結婚したことのないまどかには、話していても今ひとつピンと来ないものがある。きっと高橋も同じに違いない。

「それって家族である意味があるのかな」

「会社のためとか息子のためとかいろいろ事情があるんじゃないですか」

やはり体裁を重んじたということだろうか。

「特に豊子にとっては、普通に離婚をしてしまえば今までどおりの生活レベルが保てなくなってしまうからな」

「だから生命保険ですかね」

「家族を続けていくことにも限界を感じていたとすれば、生命保険は一石二鳥だな」

家族関係を解消できるし多額のお金も手に入る。最終的に石坂と再婚ということになれば二人の資産だ。

「生命保険会社の担当者には朝倉さんと森脇が話を聞きに向かっている。会社のほうだって独自に調査はしているだろうし、警察から情報を聞き出したいくらいだろう」

「そちらのほうは朝倉さんたちに任せて、私たちはこれからどうしますか」

「まずは取違という女性から話を聞く必要があるな」

まどかたちは鵜飼鉄筋の社屋を出て社長の自宅に向かった。

自宅は会社からさほど離れてはおらず徒歩で移動できた。一帯はほどよく閑静な住宅街になっていた。全体的に瀟洒《しょうしゃ》な建物が多く、住人たちはそれなりの所得層なのだろうと想像できる。

鵜飼社長の自宅は他と比べて飛び抜けて豪奢《ごうしゃ》というわけでもないが、それでもまどかたち庶民からすれば充分すぎるほどに立派である。

このエリアでこれほどの一軒家が持てるだけでも中小とはいえさすがは社長といったところか。土地だけでもヒラのサラリーマンではとても手が出ないはずである。

まどかは玄関のチャイムを押した。

しばらくすると扉が開いて若い男性が顔を出した。

髪を茶色に染めていて耳にはピアスが光っている。華奢《きゃしゃ》で顔が青白くひ弱そうな青年だった。

「室田署の者です」

まどかと高橋が警察手帳を掲げると青年は面倒臭そうに舌打ちをした。

「どうせまた親父《おやじ》のことでしょ」

昨日から何人かの警察官が彼に話を聞いている。

「何度もごめんなさい」

まどかは小さく頭を下げた。こういうときは女性が話したほうがいい。

しかし彼はウンザリしたようにため息をついた。

「鵜飼豊子さんはいらっしゃいますか」

「葬儀からまだ帰ってないけど」

彼は開いた扉から顔を出したまま憮然《ぶぜん》と答えた。

「鵜飼博也さんですね」

息子は法政大学の学生だ。父親にも母親にも顔立ちが似ていない。

「そうだけど……どうせ、あれでしょ。母が保険金目的で殺したと思ってるんでしょ」

「いいえ、そういうわけでは……」

まどかは慌てて首を横に振った。

「今日来た刑事さんがそんなこと言ってたぞ」

彼は抗議するように言った。

「そんなこと言ったんですか。たぶんそういう意味で言ったんじゃないと思うんですが、そのように聞こえてしまったなら謝ります」

おそらく聞き込みした警官が威圧的な態度だったのだろう。博也はまどかたちに対する不信感を顔に貼《は》りつけている。

「刑事ってこういうとき真っ先に家族を疑うってドラマで見たことがあるけど本当なんだな」

「我々としてはあらゆる可能性を想定して動いているだけです。一刻も早くあなたのお父さんをあんな目に遭わせた犯人を捕まえなくてはなりませんから」

「俺が悲しんでいるように見えるのかよ」

「そうじゃないんですか。実の父親ですよね」

「父親なんて俺にとっては独り立ちするまでの手段だから」

博也は投げやりな様子で答えた。

「そんな……ひどいじゃないですか」

「ひどいかな。父も母も俺にとっては家族だなんて言えないね。二人とも好き勝手なことしやがってさ」

「それはどういうことですか」

「どうせもう知ってんだろ。うちの両親は仮面夫婦ってことさ。互いのことはもちろん、特に父は俺にまるで関心がなかった。昔からそうだった」

「そうだったんですか」

どうやら家庭環境は複雑なようだ。

夫婦が互いに公認の不倫をしているのだから当然だろう。そんな両親を持つ博也のことが気の毒に思えてきた。少なくともこの息子は両親のことを警察以上に快く思っていなそうだ。

「保険金のことについてはどう思います」

まどかは思い切って尋ねてみた。

高橋が一瞬、表情を変えたが止めなかった。

「まあ、あの女ならやりかねないかもな。おっさんと結託してさ」

博也は唇をゆがめ、皮肉をにじませたような笑みを浮かべた。瞳には敵意の光がうかがえる。

「おっさんというのは石坂専務ですか」

「さすが警察、分かってんじゃん」

彼は愉快そうに答えた。

「ところで取違さんという女性をご存じないですか」

「ああ、あの女ね」

女性の名前を出したら博也は不愉快そうな表情に戻った。

「変わった名前ですよね」

「なんでも鹿児島《かごしま》のほうの名前らしいね」

「そうだったんですか」

まどかと高橋は相づちを打った。

「そうだって母が言ってた」

「お母様……豊子さんの知り合いですか」

「ヨガ教室で知り合ったらしい。うちにも何度か来たことがあるよ」

「豊子さんのお友達というわけですか」

「ランチしたりお茶したりしてるみたいだな」

「息子さんとしては取違さんのことをどう思いますか」

「言いたいことがあるならはっきり言えばいいだろ」

博也はわずかに目を剝いた。

「分かりました」

まどかは一回咳払いしてから質問を改めた。「鵜飼光友さんと取違さんはどのような関係だったのでしょうか」

「会社の誰かから聞いたんだろ。その通りだよ」

博也はあっさりと認めた。詳細を聞くまでもなく男女の関係ということだ。

「豊子さんも知っていたと聞きましたが」

「俺の両親は自分たちの家庭なんかに興味がないんだよ。そもそもあの女と父を引き合わせたのは母だからね」

「豊子さんがそのような関係になるように仕向けた?」

「最初はあの女と母との付き合いだったみたいだけど、そのうち父も加わるようになったんだ。流れでそういうことになったのか、母が意図的に仕向けたかどうかは分からない。ただその可能性はあるかもな。そのほうが本人にとって都合がいいだろうからね」

博也の口調には彼なりの悪意が窺えた。

両親との関係は芳しくないようだ。少なくとも父親を亡くした悲しみがまるで見出せない。

鵜飼光友は社員たちからは慕われていた証言があるが、必ずしも良き夫や父親とは言えなかったようだ。

それはともかく光友と取違の関係は豊子が演出したかどうか現時点では分からない。

「取違さんにも直接話を聞きたいと思っているんですが連絡先はご存じないですか」

「ちょっと待ってて」

博也はまどかたちを玄関の中に招き入れると、廊下の奥の部屋に向かった。

玄関ホールだけでまどかのアパートの部屋の広さほどありそうだ。

まどかは都心のアパート住まいだが六畳一間である。

この家の玄関は吹き抜けになっているので開放的でさらに広く感じられる。

壁には来客に見せる形で洒脱《しゃだつ》でポップなアートポスターがいくつか掲げられていた。

床も柱もニスが利いているようでLED電球の明かりを反射させている。

外観から見ても建物は築浅だと思われる。入ってきたとき木の香りがした。

まどかたちは土間に立って博也が戻ってくるのを待った。

傍らには大きなシューズボックスが設置されている。まどかの一生分の靴を収めてもなお余りそうだ。

一分もたたないうちに博也はまどかたちの前に姿を見せた。

「これあの女のだよ」

彼は一枚の名刺を差し出した。

どこから持ってきたのだろうと思ったら「母が冷蔵庫の扉に磁石で貼りつけているん

だ」と言った。豊子は知人の連絡先が記入されたメモや名刺をそのようにしているという。

高橋がまどかが受け取った名刺を覗《のぞ》き込んでいる。

「クリスタルカフェ　取違麻子《あさこ》」

そこには店の住所と電話番号が洒脱なフォントで印字されていた。紙も厚めで手触りもどことなく高級感がある。

高橋とまどかは名刺の内容をメモした。

「他にどんなことでもいいです、お父様……光友さんのことで気になったことはありますか」

まどかは名刺を博也に返しながら尋ねた。

「昨日から何度も刑事さんたちに聞かれてることだよ」

彼はまたもうんざりとした様子で言った。

「つらいことなのに本当にごめんなさい。こうやって何度も質問をくり返していくことで思い出すってことがあるんですよ」

何度も同じ人物に聞き込みを重ねていくと当初の証言から変化していくことがある。何度も聞き込むことで証言者の記憶が呼び起こされて整理されていくのだ。最初は「まったく覚えてない」と主張しても、一週間後には目撃した相手の顔立ちや着衣の特徴を詳細に証言できることもある。

地取り捜査に必要なのはしつこさと粘り強さだ。

たったひとつの証言を得るために刑事たちは靴の踵《かかと》をすり減らすのだ……とドラマで刑事が言っていた。

「別に気遣われるほどつらいわけじゃないから……。だけどいま思い出したことがある。大したことじゃないけど」

「どんな些細《ささい》なことでもかまいません」

「会社の社員が夜うちにやって来て、二人で外に出て行ったことがあった。そのあと不機嫌そうな顔をして帰ってきたから母が心配して大丈夫かと尋ねたんだ。気にするなって怒鳴るように答えたから、母もそれ以上は追及しなかったけどね」

「その社員は誰か分かりますか」

「初めて見る顔だった。イケメンだけど怖そうなお兄ちゃんって感じだったな」

博也は肩をすくめた。

「初対面なのにどうしてその男が鵜飼鉄筋の社員だと分かったんですか」

「作業員用の会社のロゴが入った防風ジャケットを羽織っていたからだよ。仕事帰りに飲み屋に立ち寄ってからうちに来たんだと思う。少し酔っていたように見えた」

「怖そうなお兄ちゃん……か」

高橋がつぶやくのが聞こえた。

まどかの脳裏に「見た目からしてチンピラ風ですよ」という桑原の言葉が浮かんだ。トラブルメーカーの社員で名前は鬼頭だったはずだ。

「その男性の顔は覚えていますよね」

まどかが聞くと彼はうなずいた。

「その男はどんな様子だったかな？」

今度は高橋が質問した。

「たまたま声が聞こえたんで二階の廊下から覗いていたんだけど……」

博也は上を指さした。玄関は吹き抜けになっていて二階の廊下の手すりからわずかに身を乗り出せば階下を見下ろすことができる。来客のほうは見上げればそこで聞き耳を立てている家族の存在に気づくだろう。

「すごく太々《ふてぶて》しい態度だったな。仮にも父は社長だからね。従業員のくせにえらそうだなと思ったよ」

「光友さんはどうでしたか」

「上からだと表情は見えなかったけど、口調の雰囲気から少し困っている様子だった。そんときは父に待遇面での不満を訴えに来たのかと思ったんだ。給料とか休日とか。石坂さんじゃ相手にされないから直談判《じかだんぱん》ってわけ。たまにそういうヤツがうちに来ていたんだよ」

博也はうんざりだと言わんばかりにため息をついた。

「それから二人は出て行ったんですね。玄関ではどのくらい立ち話をしてましたか」

「そんなに長くない。五分くらいじゃないかな。それから二人して外に出かけて行った。

だいたい一時間くらいだな。一人で帰ってきた。不機嫌そうだったけど、少し顔が赤くなっていたからおそらくあの男とどこかで飲んだんだと思う」

高橋がうなずきながらメモをした。

「立ち話の内容は覚えてないですか」

まどかが尋ねると博也は腕を組んで吹き抜けの天井を見上げた。

「二人とも声を潜めていたから内容までは聞き取れなかったよ」

つまりそれは家族にも聞かれたくない話なのだろうか。

「なんでもいいんですよ。なにか思い出せませんか。二人が口にした人の名前とかどこかの場所とか」

「モラハラがどうとか……あと実習生かな。内容は分からないけど聞き取れたのはそのくらい」

「モラハラに実習生……」

高橋は二つの単語をメモしている。

「実習生を下に見ている輩がいる」と桑原が言っていた。そのときに鬼頭の名前が出てきた。

光友は実習生たちにイジメ、つまりモラハラ行為をする鬼頭を戒めていたのではないか。しかしその内容ならわざわざ声を潜める必要はない。鬼頭が太々しい、挑発的な態度を取っていたのであれば、むしろ光友はなんらかの理由で脅されていた可能性も考えられる。

「光友さんはなにか悩みごとをあなたに打ち明けていませんでしたか」

「ないないない。父は俺なんかに興味なんてなかったから。相談するならあの女か石坂さんだろ」

あの女……取違麻子のことだろう。

博也は左右に振っていた両手を止め、

「会社のことに関しては石坂さんのことをすごく信頼していたのは確かだよ。会社を実質的に回しているのは石坂さんだって母も言ってた。まあ、父はお人好しだから経営者には向いてないいんだよ。でもそれを社長夫人が言うかねぇ」

と呆れるように言った。


クリスタルカフェは鵜飼鉄筋の最寄り駅である室田町《むろたちょう》駅の隣、袖町《そでまち》駅前から歩いて数分のところにあった。

駅前の小さな商店街を抜けると、飲み屋やバーが続くちょっとした歓楽街になっている。といってもその規模は小さく全体的に場末の雰囲気が漂っている。

クリスタルカフェは四軒の店が入居している三階建てビルの二階にあった。

ビルは年季が入っていて、一階はチェーン店の居酒屋となっていた。

時計を見ると午後五時を回っていたが、店の扉の前にはまだ「準備中」の立て看板が立てられていた。

その前を素通りして通路奥の階段から二階に上がるとすぐに「Crystal Cafe」とネオンサインボードのかかった扉が目に入った。

高橋が扉を開いて中に入ったのでまどかもあとに続いた。

「ごめんなさい、お店は六時からなんですよ」

カウンター席に腰掛けてテレビを観《み》ていた厚化粧の女性がこちらを向いて言った。他にも店員と思われる女性が二人いた。

一人は赤、もう一人は黒のワンピース姿だ。

「我々は室田署の者です」

まどかたちが警察手帳を見せると、女性たちの表情にわずかに警戒の色が浮かんだ。

「私たちなにか法律違反でもしたかしら」

厚化粧の女性は指に挟んでいたタバコを灰皿に置いた。

化粧が厚すぎて年齢が読めない。四十代にも見えるし、六十代と言われればそうにも思える。はっきり言って年齢不詳だ。

黒のワンピースの女性は四十代前半、もう一人の赤の方は三十代半ばといったところか。

厚化粧はともかく、この二人はいわゆる水商売独特の色気を漂わせている。

「こちらに取違麻子さんが勤務されていると聞いたので」

「麻子ちゃん、言ったとおりでしょ。やっぱり警察が来たわよ」

厚化粧は赤のワンピースの女性に声をかけた。女性は少し困ったような顔でコクリとうなずいた。

顔立ちは整っているほうだと思うが、際だって美人というわけでもない。

少し垂れ気味な目尻が柔らかそうな印象を与えている。どちらかといえば気さくで話をしやすそうな女性だ。

彼女は明らかにまどかたちに対して警戒感をあらわにしていた。

「鵜飼光友さんをご存じですよね」

「はい、うちの店を贔屓《ひいき》にしていただいてました」

「事件のことは？」

「ニュースで知ってビックリしました。あの鵜飼さんがあんなことになるなんて今でも信じられません」

取違の瞳がわずかに潤んで見えた。

取り調べをするときは相手の視線の動きや表情の変化をチェックする。鵜飼の名前を出してから彼女のまばたきの回数が増えた。

「麻子ちゃん、ここじゃなんだから場所を変えたらどう。お店ももうすぐ始まるし」

厚化粧が言った。

「ああ、すみません。どこかお話ができるところってありますか」

高橋が彼女に尋ねた。

「商店街に喫茶店がありますよ。そこでよければ」

代わりに麻子が目元を拭《ぬぐ》いながら答えた。

「ではそちらでいいですか」

「分かりました。ちょっとお待ちください」

取違は奥の部屋に引っ込んだがすぐに戻ってきた。

ワンピースの上に薄手のピンク色のカーディガンを羽織っている。

「じゃあ、ママ。ちょっとだけ行ってきます」

彼女は厚化粧に声をかけて店の外に出た。

まどかたちは取違のあとについてすぐ近くの商店街にある「ピエロ」という喫茶店に入った。

昭和レトロを思わせる、枯れた感じの内装が風味のある店だった。中には三人ほど、いずれも年配の客が入っていた。

さほど広くはないがプライバシーは守れる程度に互いのテーブルが離れている。コーヒーの香ばしい匂いが漂っている。

まどかたちは他の客たちから離れたテーブルに着くとそれぞれホットコーヒーを注文した。

「お仕事前なのにすみませんね。それにしてもママさんは我々が聞き込みに来ることを予想していたような口ぶりでしたね」

高橋が言うと取違は小さくうなずいた。

「鵜飼さんには特に良くしていただいていたので」

「良くしていただいた、ですか。鵜飼さんとは親しい間柄だったという話を聞いたんですが、率直に言ってどのようなご関係だったんですか」

「それは……まあ、ご想像にお任せいたします」

「我々は警察ですよ。そういう返答では困ります。なんなら署にご同行願いますが」

高橋は口調を強めた。

「いわゆる……男女の関係です」

観念したのか取違は声を潜めながらも認めた。

「それは不倫関係ということですね」

高橋がメモ帳を取り出してメモをする。

まどかはじっと彼女の表情の変化を観察した。白目が充血して、唇がかすかにふるえているように見える。

「光友さんには奥様がいますからそういうことになります」

取違は唇をキュッと嚙《か》みしめながら答えた。

「二人の関係を奥さんは知っていたんですか」

「やっぱり私は疑われているんでしょう」

彼女はテーブルから身を乗り出して聞いた。

「まずは質問に答えてください。先ほどのようにはぐらかそうとしたり、下手に隠し立てをするようなことがあれば我々としても疑わざるを得ません」

　高橋は厳しい口調を向けた。

　こういうときの彼は横から見ていてもなかなか迫力がある。

「はい、奥様は私たちの関係を知っています」

　取違はすんなりと認めた。

「光友さんとの出会いのいきさつを教えてください」

「今でも通っているんですけど、ヨガ教室で奥様と知り合いました。何度か通っているうち意気投合したというか、一緒にお茶をしたり日帰りの温泉に行くような仲になりました。そのうち彼女の自宅に何度か遊びにいくようになり、ご家族とも顔を合わせるようになりました。光友さんを交えて何度か食事に行ったことがあります」

「ちょっとつっこんだ質問になってしまうんですけど、交際はどちらからアプローチされたんですか」

「奥様です」

「はあ？」

　高橋が目を丸くしてペンを止めた。

「奥様にご主人と交際するようにすすめられました。『夫もあなたに気がある』と言われたんです」

「あなたはどうだったんですか」

「まあ、素敵な方だなとある程度の好意を持っていたのは事実です。しかし、妻子ある方ですから現実的には考えていませんでしたよ」

取違は投げやりな笑みを一瞬だけ見せた。

まあ、普通は彼女の言うとおりだろう。

「豊子さんがあなたに自分の夫と不倫をしろと言ったわけですね」

「そうです」

彼女ははっきりと首肯した。

「それからしばらくして光友さんから『二人で会わないか』とメールが来ました。断る理由もないので一緒にお酒を飲んだりしたんですが、何度か会っているうちにそういう関係になりました」

「豊子さんはどういうつもりだったんでしょう。自分の夫が友人であるあなたとそういう関係になるなんて普通は認めないと思うんですが」

まどかは思わず尋ねてしまった。

自分だったらあり得ない話だ。

高橋が隣で小さく咳払いをする。「お前は口を出すんじゃねえよ」の合図だ。

「ちょっと気になったんですよ」

まどかは彼に耳打ちしてやった。

「そのことについては奥様からも光友さんからも話を聞かされました。二人は完全に仮面夫婦だったようです。一つ屋根の下に住んでいますが、互いに関心を持ってないと。ただ会社の経営や資産のことがあるので婚姻関係を保っているのだと言ってました。奥様……いつもどおり豊子さんと呼びますね。豊子さんにも恋人がいるみたいです。彼女は自分だけが不倫しているのはなにかと後ろめたいから私をそそのかしたんだと思います。彼女の相手は……って刑事さんたちはすでに知っているんでしょう。ええ、そうですよ、専務の石坂さんよ。光友さんと私のことは彼から聞いたのよね」

取違は唇を尖《とが》らせた。

「少なくとも石坂氏ではありませんよ」

石坂は光友の不倫については一切触れていない。それによって自分と豊子との関係を探られるのを嫌がったのだろう。

もっとも警察が動けばよほどの隠密《おんみつ》なやりとりをしていなければ、すべて突き止められる。警察がその気になれば電話やメールやＳＮＳに至るまで徹底的に調べる。

どんな秘密の交友関係でも聞き込みを重ねていけばなんらかの形で情報があがってくる。本人たちはバレないようにやっているつもりが、誰かに見られたり聞かれるなどして悟られているのだ。

「そうですか……。どちらにしても会社の人ね。私も何度かあそこには出入りしてましたからね」

「いろいろと社長の相談事にのっていたようですね」

「悩みごとは聞いてあげましたけど、アドバイスはしてないですよ。ただなにか決断が必要なときは占いをしてあげてました。私、こう見えても占い師でもあるんですよ。今はもうやってませんけどね。私の占いは結構当たるので、彼には頼りにされてましたね」

取違は少しだけ誇らしげに胸を張った。

占い師独特の神秘的な雰囲気はまるで感じられない。十年ほど前まで占い師として生計を立てていたというが。

「具体的にはどんな悩みでしたか」

「主に会社経営のことですよ。ああいう業界ですから気が荒い従業員も少なくないでしょう。問題のある従業員をクビにしたいけど、なかなかそれができないと嘆いてましたね」

問題のある従業員。

それは桑原の話に出てきた鬼頭という人物だろうか。社長宅に訪ねてきた従業員というのも気になる。

「金銭のやりとりはありましたか」

「どういうことですか」

彼女は若干声を尖らせた。

「生活費の援助を受けていたとか、月にいくらもらっていたとか」

「愛人契約のことですか。はっきり言いますけど、そういう関係ではありません。いい歳《とし》してこんなことを言うのは恥ずかしいですけど、私たちは純愛の関係でした。金銭的援助など一切受けておりません！」

取違はきっぱりと答えた。垂れ目がつり上がっている。嘘《うそ》をついているようには見えない。

「豊子さんは光友さんと交際させる相手を探していたということですか」

「今思えばそれが目的で私にアプローチしてきたのかもしれません」

もしそうだとすればなんと冷え切った夫婦なのだろうと思う。息子の博也も心底両親を軽蔑《けいべつ》しているような口ぶりだったが、これでは無理もないと思うし、彼が気の毒だと思った。

「ところで四月二十日の午前十時から正午まではどこでなにをしていましたか」

高橋があらたまった口調で質問した。二日前の二十日は光友が殺された日だ。

「その日は……午前九時ごろに起きてシャワーを浴びてから散歩、十一時から午後の一時までスポーツジムにいました」

「それを証明できるひとはいますか」

「マンションを出るとき管理人さんに挨拶《あいさつ》してます。散歩の途中にいきつけの美容院の担当のスタッフさんとばったり会って少しだけ会話しました。それがだいたい十時半くらいだったと思います。スポーツジムは受付の人が覚えてくれていると思います」

「美容院のスタッフの名前とスポーツジムを教えていただけますか」

「美容院は室田町駅前の『コンシャス』というところで私の担当は坂井《さかい》さんという女性で

す。スポーツジムは同じ駅前の『ゴールデンジム』です」

高橋は丁寧にメモした。コンシャスもゴールデンジムも立ち寄ったことはないがまどかも知っている。両者とも室田町駅前で目立つ看板を掲げている。

もちろんこれからウラを取る必要がある。

光友が殺害されたのは死体の状況からみて、午前十時から十二時の間という監察医の報告が出ている。それにしても、取違は刃物で滅多刺しするような女性には思えない。しかし痴情のもつれが絡むと豹変《ひょうへん》してしまうタイプもいる。逆上して普段からは考えられないような行動に出てしまうケースも珍しくない。捜査に先入観を持つことは禁物だと高橋にも何度も言われてきた。

「光友さんと不倫関係を続けながらも豊子さんとも親しくしていたわけですか」

「正直言えばなるべく距離を置きたかったですよ。いくら公認とはいえ不倫相手の配偶者ですからね。でも豊子さんはなにかと私に声をかけてくるんです。別にケンカしているわけでもないから無下にできませんよね。相変わらず一緒にランチやお茶をしたりしてますよ」

取違の表情には若干とまどいが窺える。たしかに言うことは理解できる。

「光友さんから夫婦間のトラブルがあったかどうか聞いてませんか」

「妻に愛情はまったくない、あいつも今ごろ他の男とよろしくやってる、みたいなことを言ってましたね。でも石坂さんを名指ししなかった。彼なりのプライドなんだと思います。

互いに干渉しないのが暗黙の了解だったようです。だからトラブルはなかったんじゃないかなと思います」

　なにか隠しているようには見えない。

「あなたと豊子さんとの関係はどうだったんですか。まあ、普通なら仲良くできる間柄ではないですよね」

「豊子さんはまったく屈託がなかったですね。でも私たちのことについてはなるべく触れないように配慮していたみたいです。私と光友さんの関係が末永く続くことを望んでいたみたいですよ。むしろ家庭内では光友さんとの関係が以前より良好になったと言ってましたね。互いにフェアな立場になったからなんでしょう」

　そんな夫婦生活を続けることに意味があるのかと思う。だが、外には自分を愛してくれる人がいて、家に戻れば家庭がある。それはそれで案外、居心地がいいのかもしれない。ただ欲張りすぎだと思うし、まどかはそんなことを望まない。

「具体的に豊子さんとはどんな話をしていたんですか」

「いろいろですよ。息子さんのことや会社経営のことや老後のことや」

「お金の話は出ていませんでしたか。たとえば光友さんの生命保険の話とか」

　そのとき取違の顔色が変わった。

「もしかして私が豊子さんと結託して、生命保険のために殺したと思っているんですか」

「そういうわけではありません。刑事という職業上、いろいろなことを聞かなくてはならないんです。時には不愉快な質問をしてしまうかもしれません。もし気に障ったなら謝ります」

高橋は素直に頭を下げた。まどかも彼に倣う。

もちろん生命保険殺人の線も疑っている。生命保険額は六千万円と高額である。ただ光友の社長という立場を勘案すれば不自然な額とはいえない。それでも動機になりうる金額だろう。

「まあ、でも、生命保険の話をしたことはあります。『旦那《だんな》が亡くなったらしばらく保険で暮らしていけるのになあ。あなた、殺してくれない？』って言ってましたね」

「豊子さんはそんなことを言ったんですか」

「もちろん冗談ですよ。『殺すってどうやってするの？』って聞いたら『事故に見せかけるのが一番ね』と言ってましたね」

「それであなたはどう答えたんですか」

「『そんなの無理よ』って。もちろんこの会話は冗談ですよ。ブラックジョークです」

「それは分かってます」

高橋はペンを小さく振りながらうなずいた。

「『でも犯罪に巻き込まれたという形にすればいいんじゃないの』って言いました。そしたら『その手があったわね』ってケラケラ笑ってましたけど……」

ここで取違は表情を曇らせた。

実際に光友は「犯罪に巻き込まれたという形」になっていることに気づいたのだろう。今になって生命保険のことを疑い始めたのかもしれない。

「取違さんはどうして光友さんが殺されたと思いますか」

「それは……正直、私には分かりません。なんだかんだ言って心の優しい人でした。そこまで他人に恨まれるようなことはなかったと思います」

取違はしみじみとした口調だった。

「あのぉ、先ほど話していた問題のある従業員のことですけど、名前は分かりますか」

まどかが質問したので高橋が睨《にら》んできた。しかし彼はなにも言わなかった。

「たしか……鬼頭って名前でしたね。私も会社に顔を出したとき一度だけ見たことがありますけど、太々しい態度でしたよ」

隣では高橋がメモ帳に名前を記録している。

「どんな男でしたか」

「強面《こわもて》でチンピラ風ですね。俳優に中林《なかばやし》トオルっているじゃないですか。あの人に似てます」

「だったらイケメンですよね」

中林トオルはヤクザの手下や暴走族のメンバーを演じることが多い。テレビや映画でよく見かけるいわゆるバイプレイヤーだ。俳優だけに顔立ちは整っている。そういえば博也も自宅に訪ねてきた従業員を「イケメンだけど怖そうなお兄ちゃん」と言っていた。

「光友さんとは揉《も》めていたんですか」

「揉めていたというより、言うことを聞かないから扱いに困っていたみたいです。現場でもよくトラブルを起こすと言ってました」

まどかはこのチンピラ風の男性のことが気になっていた。理由は分からないが妙に引っかかるものがある。

刑事の勘なのか、女の勘なのか……。

「また話を聞きにくると思います。そのときはご協力よろしくお願いします」

「協力は惜しみません。彼を殺した犯人を捕まえてください」

取違は深々と頭を下げた。白目がうっすらと充血している。

まどかと高橋は席を立つと、会計を済ませて店を出た。取違はそのままクリスタルカフェに戻っていった。時計を見ると六時を回っている。店は開店しているころだ。


まどかたちは再び鵜飼鉄筋を訪れた。

現場に出払っていた従業員たちの何人かは会社に戻っていた。昨日、ハウスで見た外国人実習生たちの姿もあった。彼らは二階の休憩室でくつろいでいる。部屋に設置されたテーブルにはコーヒーやお茶やお菓子などが置いてあり、従業員たちはそれらを自由に飲食できるようになっている。やはり外国人たちは外国人同士で集まりテーブルを囲んでいる。外国人といってもベトナム、タイ、カンボジア、中国など国籍はさまざまである。一番多いのがベトナム人、その次が中国人だということだ。

日本人の従業員たちは他のテーブルで外国人実習生たちを遠巻きに眺めている。しかし外国人たちが集まるテーブルに一人だけ日本人の姿があった。彼だけが頭に手ぬぐいを巻いている。

立花だ。

外国人たちにとってこの会社で頼れるのは彼くらいしかいないのではないか。現に他の日本人はこちらのテーブルに近づこうとすらしない。

「お仕事お疲れさまです」

まどかは外国人のテーブルに近づいて彼らに声をかけた。

「ああ、刑事さん」

立花は顔を上げてまどかたちを見た。仕事が終わったばかりで少し疲れたような顔をしている。他の外国人たちはなにか後ろめたいことがあるかのように相変わらず警戒している目つきだ。まどかたちが近づいたら会話をピタリと止めた。もっとも日本語ではないので聞いたところで会話の内容は分からないが。

「立花さん、相変わらず彼らから頼りにされてますね」

「まあ、言ってしまえばそれが僕の仕事ですからね」

彼は弱々しい笑みを浮かべた。

「異国で働くって心細いと思うんですよ。でも立花さんみたいな人がいてくれるだけで救われた気持ちだと思いますよ」

「僕もアジアを放浪したときは現地の人たちにいろいろ良くしてもらいましたからね。そのおかげで今の僕があるんです。だから恩返しですよ」

立花はどことなく照れくさそうだった。若いうちに一度でも海外旅行をして見聞を広めるのは意義深いことだと思う。そもそも日本人はまどかを含めて外国人とのコミュニケーション能力がないに等しい。それゆえ立花一人に負担のしわ寄せが来ているのだろう。

「立花さんがいなければ現場は回らないですね」

「僕は彼らに大したことをしてやれてないです。ただ話を聞いて励ましてやることが精一杯で、問題解決に至ってない。正直、彼らの待遇は良好とは言えません。現状、日本の企業や社会にとって都合のいいようにあしらわれています。労基もあってないようなものですよ。それでも彼らは耐えるしかない」

実習生が母国で大きな借金を作って、それを元手に日本に働きに来ていることは立花から聞いている。日本企業の技術を習得させて母国に反映してもらうという国際社会貢献なんてものはあくまで建前にすぎず、実際は日本人が嫌がる仕事を強要されているだけで、なにも身につかない。もっとも彼らも彼らで母国に対する貢献なんかよりも、とにかく日本で稼ぎたいの一心であることが多いと聞く。まずは借金返済をクリアしなくてはならないのだ。

「ところでクオンはどうなりましたか」

立花が心配そうに尋ねた。

クオンは昨日、ハウスで傷害沙汰を起こしたベトナムの実習生である。あれから室田署に連行された。今は留置所に入っている。

「いろいろと仕事のことでストレスがたまっていたようです。本人は反省していると主張しています。最終的には母国に強制送還ということになりそうです」

「そうですか……」

まどかが答えると立花は唇を嚙みしめた。

「外国人実習生たちについては他にもいろいろとトラブルがあるんじゃないですか」

「コミュニケーションがうまくとれないですからね。連携がうまくいかずにそれが原因でミスが出たりします。僕もできるだけカバーに回るんですが、それらすべてというわけにはいかないですから」

「ところで鬼頭という従業員はどうなんでしょうか」

まどかは桑原に続き、取違からも聞いた名前を尋ねてみた。

すると立花の顔に明らかな嫌悪の色が浮かんだ。外国人実習生たちもその名前に反応するように顔をしかめている。

「ここだけの話、鬼頭さんはクラッシャーですよ」

立花は他のテーブルの従業員たちに聞こえないようささやくように言った。

「クラッシャー？」

「自分より立場が低い社員を潰《つぶ》していくんです」

「具体的にどんな感じなんですか」

「陰湿な嫌がらせですよ。仕事で無理難題を押しつけたり、わざと間違った指示をしてトラブルが生じたら執拗に罵倒《ばとう》する。そうやって相手を追いつめていくんです。それに耐えきれずに辞めてしまった者が何人も出てますよ。でも怖くて誰も逆らえない。あの石坂さんですら見て見ぬふりですよ」

「社長さんはどうなんですか」

「報告は入っているはずなんですけど、改善されてないってことはなにもしてないってことでしょ。鬼頭は狡猾《こうかつ》な男で警察沙汰になるようなことはしないですからね。陰湿なやり口で精神的に追いつめていくんですよ。あの人にロックオンされたらそれはもう地獄です。僕は今のところ被害はありませんけど、これから先は分からないです」

「実習生も被害に遭っていたんですか」

「もちろんですよ。辛《つら》くて逃げ出した実習生もいます」

「その実習生はどうなったんですか」

「行方不明ですよ。今も国内に留《とど》まっているのなら不法滞在ってことになりますよね。どちらにしても借金があるから母国に帰ろうにも帰れませんよ。今ごろ、どこでどうしていることやら」

立花は手首のブレスレットをいじりながら深いため息をついた。

「鬼頭が社長と揉めていたという話は聞きませんか」

「それは知らないですけど、揉めていたとしても驚きませんね。恐喝だか暴行の前科もあると聞きますし、とにかく会社にとってはトラブルメーカーなのは間違いないですから」

立花の口調には怒りがこもっていた。

「彼はどこにいますか」

まどかは休憩室を見回した。強面でイケメンと聞いていたがそれに該当しそうな男性は見当たらない。

「ここ数日、顔を見ませんね」

「欠勤ですか」

「どうせ無断欠勤でしょ。鬼頭さんは常習犯ですからね。まあ、いないほうが平和なんで誰も文句を言いませんよ。上司もホッとしているんじゃないですか」

立花は吐き捨てるように言った。


まどかたちは鵜飼鉄筋から歩いて十分ほどのところに建つ二階建てのアパートの前に立った。

淡い黄色のモルタルの外壁もところどころが煤《すす》ばんでいる。

一階と二階にそれぞれ三部屋ずつ並んでおり、いずれも六畳ほどのワンルームの広さである。見るからに簡素な造りで壁も薄そうである。

各部屋の前の通路には洗濯機が設置されていて、風雨にさらされているせいか、本体は土埃《つちぼこり》で汚れている。プラスティック部分は色褪《いろあ》せたように変色している。

ワンルームに親子で住んでいるのだろうか、子供用の三輪車が転がっていた。

周囲は似たようなアパートや民家が身を寄せ合うようにして並んでいる。

大通りから少し離れていることもあって静かである。

このすぐ近くにまどかのお気に入りのイタリアンレストランがある。値段は高めだがそれ以上に料理は格別だ。高橋とも二度ほど行ったことがあるが、彼も絶賛していた。

「一〇二号室だよな」

高橋が一階の真ん中の扉を指さした。

表札にはなにも書き込まれていない。扉の郵便受けには郵便物やチラシが無造作につっこまれていた。

「ここですね」

まどかも部屋の番号を確認してうなずく。

パレス室田《むろた》の一〇二号室。

間違いない。

高橋はチャイムのボタンを押す。しかし部屋からは返事がない。

「鬼頭さん、いらっしゃいますか」

高橋はチャイムを連打してから、扉をたたいた。

やはり反応がない。

「どこに行っちゃったんですかね」

ここは鬼頭の自宅アパートである。

住所は鵜飼鉄筋の総務部に問い合わせた。彼らは従業員の連絡先や勤務状況などを把握している。それによると鬼頭の無断欠勤は三日前かららしい。

とりあえず鬼頭から話を聞き出そうと彼のアパートに立ち寄ったというわけである。

「逃亡した可能性があるな」

「それってつまり、社長殺しは鬼頭の犯行ってことですか」

その可能性については鬼頭の名前が出てきたときから考えていた。

彼は社長の自宅に押しかけるように来訪しているのだ。二人の間になんらかのトラブルがあったのかもしれない。

「とにかくやつを見つけ出して話を聞かなくちゃな」

高橋は玄関扉の右斜め上部に設置された電気メーターを見上げた。この手のアパートで見かける典型的なタイプで透明プラスティックのカバーの中にメーターと回転盤が見える。

「居留守ですかね」

「回転盤に動きがほとんどない。本当に不在かもしれんな」

「それっぽいですね」

室内で電灯をつけたりエアコンを使っていれば回転盤は勢いよく回っているはずだ。この動きだと冷蔵庫が動いているかどうかだろう。

「國吉」

高橋が隣の部屋の扉を顎《あご》でさした。

まどかはうなずくと隣の部屋、一〇一号室のチャイムを押した。

間もなく鍵《かぎ》が外される音がして扉が半開きになった。顔色のさえない頬がこけて髪が薄い、どことなく貧相な感じの男性が顔を覗かせた。四十代半ばといったところか。上下ともスウェットスーツである。寝起きなのか白目がわずかに充血していた。

「なにか？」

彼は眠たそうな声で言った。

「室田署の者です」

まどかと高橋が警察手帳を見せると、男性は眠気が吹き飛んだように目をパチクリとさせた。

名前を尋ねると「飯田《いいだ》好一《よしかず》」と答えた。出身は青森市で職業はフリーライター。

まどかの質問には素直に答えてくれる。ときどき男性の視線がまどかの胸に向くのが気になったが、証言者としてもう少し詳細なプロフィールを聞き出した。

年齢は見た目通りの四十五歳。独身でこの部屋には二年前から一人住まいだ。

建物は簡素な造りだが駅から近く、周囲には飲食店や商店街などが充実しているということもあって家賃は割高だという。

「隣の住人についてお聞きしたいんですけど」

まどかは微笑《ほほえ》みかけながら一〇二号室を示した。

「ああ、お隣さんね……」

飯田は扉から顔を出して隣を覗き込んだ。

「どうも不在みたいでして」

「あの人がなにかやったの」

「ちょっと話を聞きたいんですよ」

「もしかして例の鉄筋屋の社長が殺された事件の捜査？」

飯田の表情に好奇の色が浮かんだ。

「捜査のことは詳しくお話しできないんですよ」

「テレビドラマでもそう言ってるね。それはともかくお隣さんは不在ですよ。あの鬼頭っていう人、夜になるとテレビを大音量にしたり、ギターを弾いたり毎日のように騒音を撒《ま》き散らすんです。ここは壁が薄いからたまったもんじゃない。一度、注意しに行ったら突き飛ばされましたよ。チンピラみたいで怖いんで、あれ以来関《かか》わらないようにしてます。他の住人も同じだったようで。騒音が原因で何人か出て行っちゃいましたね。それがここ数日はまったく音が聞こえない。人の気配もしませんね。一度も帰ってないですよ」

「それはたしかですか」

「僕もここ数日、執筆の仕事で引きこもってますから。帰ってくればドアの開け閉めとかトイレの水が流れるとか、足音とか生活音がしますから分かります。それが一度もなかったですね。実に落ち着きますよ。ずっとこうであってほしい」

「正確にはいつからですか」

「三日前ですね。それまでは本当にうるさかったんですよ。警察に通報してもなにもしてくれなかったですしね」

飯田は不満そうに唇を尖らせた。

「それは大変失礼しました。生活安全課に飯田さんの苦情のことは伝えておきますね。ご協力ありがとうございました」

まどかと高橋は礼を言って飯田から離れた。

「無断欠勤が三日前からだから完全に一致するな」

つまり社長殺害の直前から姿を消していることになる。

「とりあえず室内を調べてみる必要がありますよ」

「もちろんだ」

まどかたちはアパートを管理している不動産屋に連絡を取って、大家立ち会いのもとで鬼頭の部屋を覗かせてもらうことにした。

玄関扉を開けて中に入ると饐《す》えた臭《にお》いがもあんとした空気と一緒に漂っていた。

六畳ほどのワンルームの床はカップラーメンの容器やつぶれたビール缶、漫画や雑誌、脱いだ衣服や下着で散らかっている。カーテンは閉め切ったままだ。玄関と部屋をつなぐ短い通路に設置されたキッチンの三角コーナーに入った生ゴミは腐っていて異様な臭気を放っている。

棚にはアニメキャラクターのフィギュアやグッズが詰め込まれるように収まっていた。また壁にもそのキャラクターが描かれたポスターなどが貼ってある。キャラクターはいわゆる萌《も》え系で、雑誌やSNSに流れてくる画像などでよく見かける。

鬼頭はこのアニメのファンらしい。強面のチンピラ風のイメージと合わない。まどかにはこのギャップがかえって不気味に思えた。

「おい、これ見ろ」

高橋が壁を指した。そこには日めくりのカレンダーが掲げられていた。やはりそれも同じキャラクターのイラストが入っている。めくるごとにそれぞれ違うポーズをとっていて、ファンなら楽しめるだろう。

「やっぱり三日前ですね」

カレンダーは三日前の日付のままだ。このカレンダーならめくり忘れるとは考えにくい。三日前から不在と考えて間違いないだろう。

「どこに行きやがったんだ。とりあえずなにかないか調べてみよう」

「令状もないのに大丈夫ですか」

「上には俺から言っておく。こういうことはな、令状取ってからじゃ遅いんだよ。モタモタしてたら証拠隠滅されちゃうだろ」

高橋は腕まくりをしながら言った。彼はよく先走りすぎて係長から大目玉を食らう。今回もそんな予感がしたが、それでも上司である高橋の指示に従うことにした。

二人は行く先の手がかりになりそうなものを探してみた。

高橋は棚の引き出しを開いている。中から書類やノートが出てきた。彼はそれらを調べている。

携帯電話やスマートフォンは見当たらないから身につけているのだろう。

まどかはテーブルの上に置いてあるノートパソコンの電源を入れた。パスワードは設定されていないようでそのまま起動した。

まずはメールソフトを立ち上げてみる。

三日も不在となると旅行しているかもしれないと思ったが、ホテルなどの手配をした形跡が見られない。

もしかしたらスマートフォンのアプリを使ったのかもしれない。ここ数日のメールを確認してみたが手がかりになるようなものは見当たらない。

次にドキュメントが収まっているフォルダを開いてみた。

こちらはテキストファイルが数個あるだけでいずれもたわいのないものだ。

今度は画像が集められているピクチャフォルダを開いてみる。こちらは多くの画像が並んでいる。

ざっと閲覧しているうちに一枚の画像に目が留まった。

「高橋さん、これ！」

まどかは書類を確認している高橋を呼んだ。

彼はすぐさま寄ってくるとモニタを覗き込んだ。バックライトの光が高橋の顔を青白く照らし出している。

「これは……鵜飼社長じゃないか」

その画像には鵜飼光友が写っていた。

若い女性と腕を組んでいる。

「ラブホから出てくるところですよ」

鵜飼が女性と一緒にラブホテルから出てくるところだった。

出入り口にはラブホテルの名前や料金が表示された電光看板がくっきりと写っている。ホテルの名称にSHIBUYAとあるので、周囲の風景から勘案するに円山町のラブホテル街だろう。そう言えば鵜飼鉄筋の女性従業員が、この辺りで石坂と豊子を目撃していた。

夫婦揃《そろ》ってなにやってんのよ。

「この女の子、どう見ても未成年、十八歳より下だろ」

「え、ええ……中学生くらいに見えますね」

ツインテールの髪をしている女性は小柄であどけない顔立ちだ。

もし彼女が十八歳以下なら淫行条例に抵触する。

「鬼頭のやつ、この写真で社長を脅迫してたんだろうな」

高橋は顎をさすりながら言った。

「この少女も援交か美人局《つつもたせ》ってところでしょうね」

実際、その手の青少年犯罪が多発しているという。

先日も女子中学生を美人局とした恐喝事件がニュースになったところだ。ターゲットになったのは三十代のサラリーマンだが、彼を恐喝したのも女子中学生の彼氏である十六歳の少年だった。

「やはり二人にはなんらかのトラブルがあったと考えられるな」

そのあともパソコンの中身や書類などを調べてみたが鬼頭の所在を示すものは見つからなかった。

「とにかくやつが社長を脅していたのは間違いなさそうだ」

取違のように成人女性の愛人ならともかく、少女との関係がばらされたら会社社長という立場の光友にとっては甚大なダメージだ。

「それにしても淫行だったらドン引きだなあ」

まどかにとって少女買春行為は軽蔑の対象以外のなにものでもない。

自身の欲望のために少女の体と心を大の大人が貪《むさぼ》っているのだ。身内にそんな人間がいたらと思うとヘドが出る。

とはいえ実際のところ現職の警察官が淫行の疑いで逮捕されたというニュースがあとを絶たない。

同じ警察の人間として嘆かわしい限りである。

「遺族にとってもショックだよな」

「私だったら死にたくなりますよ」

「社長にとってこの画像は命取りだ。こんなのが出回ったら社会的に抹殺されたも同然だ。鬼頭のやつ、いくら強請《ゆす》ったのか分からんが、社長は言いなりになるしかなかっただろう」

「鬼頭があの会社で傍若無人でいられるわけですね」

クラッシャー社員である鬼頭への不満は社長である光友にも伝わっていたはずだ。しかし彼としては鬼頭をかばうしかなかった。解雇なんてことになったら、この写真をばらまかれてしまう。

「もし鬼頭が犯人だったとして、どうしてやつは社長を殺害したんだ。やつにとって社長はなにかと都合良く利用できる相手だ。なにかしらトラブルがあったなら、殺さなくてもこの写真をばらまけばいいだろう」

この画像は表沙汰にはなってないはずだ。

もし表に出ていたら捜査会議で報告が上がっているだろう。他の班の捜査員がインターネット上での光友に関する書き込みや情報をつぶさにチェックしているから取りこぼすはずがない。

「まあ、そんなことは当事者にしか分かりませんよ。鬼頭を捕まえて聞き出すしかありません」

「なに、ベテラン刑事みたいなこと言ってんだよ。お前がその台詞《せりふ》を吐くには十年早いわ」

高橋はまどかのおでこを指で弾いた。

「前々から言おうと思っていたんですけど、これってパワハラですよ」

高橋からのデコピンは何度か食らったことがある。手加減をしていると思うがそれなりに痛い。

「バカ言うな。愛の鞭《むち》だろ」

「鞭に愛もくそもないと思うんですけど」

「お前に一日でも早く一人前の刑事になってほしいという俺なりの親心だ」

「両親にだってデコピンされたことないのに」

「デコピンくらいなんだ。俺なんて朝倉さんから拳骨《げんこつ》を何発も食らったぞ」

「朝倉さんは昭和の刑事ですから」

「朝倉さんはよくて俺はダメなのかよ。差別だ」

そんなやりとりをしながらアパートを出る。

「高橋さん、あの人」

まどかは男性を指さした。

彼は十メートルほど離れた電柱の陰に隠れるようにしてこちらを見つめている。

「ちょっと君」

すかさず高橋は男性のもとに駆け寄った。

肌は浅黒く、彫りの深い顔立ちをしている。明らかに外国人だ。細身で身長はまどかよりも低い。

見た感じ東南アジア系だが鵜飼鉄筋の実習生たちの中には見かけなかった。

「私たちは室田署の者です」

高橋に気圧《けお》されたように後ずさったので、まどかが警察手帳を掲げながら優しく声をかけた。

するど少し安堵《あんど》したのか小さくうなずいた。高橋が隣で不満そうに舌打ちをしている。

「あなた、私たちが出てきたアパートの部屋を見てましたよね。あそこの住人と知り合いなの？」

「いいえ、会ったことはありません」

男性は首を横に振りながら答えた。声だけ聞けば日本人かと思うほどに発音が自然だ。

「なにか用でもあったんですか」

「ソリヤのことを聞こうと思って来たんです」

「ソリヤ？」

まどかは聞き返した。

「僕と同じカンボジア人で友人です」

「あなた、カンボジア人なんですね。ちょっと話を聞かせてもらっていいかしら」

まずは彼の身元を尋ねた。

彼はコン・ポーンと名乗った。コンが姓、ポーンが名であるらしい。

アンコールワット遺跡の街シェムリアップの近郊出身の二十七歳。

結婚していて配偶者が日本人だという。いわば就労活動に制限のない在留資格者である。

「僕はカンプチャというレストランで店員をやっています」

「カンプチャってカンボジア料理のお店？」

「ご存じでしたか」

「いつも行列ですよね」

「ええ、おかげさまで人気店です。刑事さんたちもよかったらぜひ来てください」

先日、行列に並んだばかりだ。この事件の一報が入って食べることが叶《かな》わなかったが。

「それでソリヤというのは誰なんですか」

「うちのなじみのお客さんですよ。彼は外国人技能実習生として日本にやってきました。出身は北部の田舎だと言ってましたね。ベトナムや中国に比べると日本に滞在しているカンボジア人は多くないですからね。だからこっちも嬉《うれ》しくてつい声をかけてしまうんです。そのうちにだんだん親しくなりまして、たまには一緒に飲みに行くような仲になりました」

本当に発音が自然だ。

聞けば彼も外国人技能実習生として五年ほど前に日本にやって来て、その勤務先で現在の奥さんと出会ったそうだ。

「まあ、私は日本人と結婚して、二人で働いて私の借金を完済できたので恵まれていたんですが、他の同胞たちはそれはもう悲惨ですよ。彼らのほとんどはブローカーや企業の食いものにされているんです。日本も格差社会で大変だなんて言ってますけど、カンボジアからすればまだまだ天国ですよ。豊かな日本人が貧困で苦しんでいるなんて言っているのを見ると怒りを覚えます。それはともかく、外国人の労働者にとって一番辛いのは差別されることです。文化や風習の違いがあってそれを日本人たちが受け入れられないのは分かるけど、いじめや嫌がらせは絶対に良くないことです」

まどかも高橋もコンの話に相づちを打ちながら耳を傾けた。

コンは興奮気味に話を続ける。

「ソリヤも被害者の一人ですよ。彼は日本人従業員からひどいパワハラを受けて相当に悩んでいました」

「ソリヤさんの職場って鶏飼鉄筋ですか」

「そうです。社長が殺されてニュースになった会社です。刑事さんたちもそれでここにいるんでしょう」

コンは顎先でアパートを指した。

「あなたはどうしてここに来たんですか」

「ソリヤと飲んだ帰りに一緒にこの道を通ったんですよ。そのときソリヤが足を止めてこのアパートを怖い顔して睨みつけているから、どうしたんだと聞いたんです。そしたら彼は『ここに一番嫌いな日本人がいる』と一階の真ん中の部屋を指さしたんです」

コンは一〇二号室を指さしながら話を続けた。

「そのとき部屋の中からチンピラみたいな男が出てきました。向こうは僕たちに気づかなかったようだけど、ソリヤは逃げるように走り去って行きました。あとで彼から聞いたんですけど、あの男は鬼頭といって職場でソリヤを苦しめている張本人だったというわけです。イジメについては職場の上司らに相談したけど、誰も取り合ってくれなかったそうです」

「そのソリヤさんは今どこにいるんですか」

「それが分からないからここに来たんですよ」

「連絡を取り合っていたんじゃないんですか」

「数日ほど前から連絡がつかなくなりました」

コンは深刻そうな表情で答えた。

「レストランにも立ち寄ってないのですか」

「はい。彼はうちの常連で昼と夜、一日二回食べにくることも珍しくないですからね。なんでもうちの料理が故郷の味を思い出させるんだと言ってました」

「毎日ですか」

「定休日以外は来なかったことがありません。カイ、キン……ショウです」

　コンは言いづらそうに発音した。

「ああ、皆勤賞ですね。毎日来ていたんだ」

「ええ。今日を含めてもう三日も来てないんですよね」

「三日……ですか」

　数日前と言っていたけど今日を含めて三日ということは一昨日から来ていないということか。その程度であれば騒ぐようなことではないと思うが。

「うちの店長はカンボジア人なんだけどせっかちというか神経質な性格でしてね。ソリヤが他の店に浮気をしているんじゃないかとすごく心配してまして。それで」

「お仕事は大丈夫なんですか」

　時計を見ると午後七時を回ったところだ。料理店が忙しくなる時間だろう。

「うちは交代制で休みを取ってます。今日は非番なんですよ」

「ああ、そういうことでしたか」

「もちろん僕も心配してますよ。彼が三日連続で来なかったことなんて今までなかったですからね」

　つまりコンは店長に頼まれてソリヤがどうしているのか確かめに来たようだ。

「病気や用事なんかで動けないとか。彼の自宅を訪ねた方が早かったんじゃないですか」

「知ってたらここには来てませんよ」

コンはソリヤが店の近隣に住んでいるのを本人から聞いていたが住所までは知らないと言う。

「ソリヤさんに話を聞いてみる必要があるな」

高橋がそっとつぶやくのが聞こえた。まどかも同感だ。彼から鬼頭の情報を得られるかもしれない。夜の捜査会議で鬼頭のことを報告したいところだ。できたら所在を突き止めて本人から話を聞きたい。もっとも鬼頭が犯人なら雲隠れしている可能性が大だが。

「従業員なら例のハウスにいたのかもしれないですね」

あの中には外国人実習生が何人かいた。ソリヤはそのうちの一人だったかもしれない。

「行くぞ」

まどかたちは実習生たちが下宿しているシェアハウス、通称ハウスに向かった。コンも心配だからとついてくる。

実習生たちはすでに仕事を終えてハウスに帰っていた。玄関には汚れた靴がいくつも転がっている。そのうち何足かは穴があいていた。

「こんばんは」

まどかは玄関から声をかけた。奥の部屋から数人が出てきた。その中には立花の姿もあった。

「ああ、刑事さん。またなにか」

立花はまどかの前に立った。彼の背後では実習生たちが、相変わらず警戒するような目つきでこちらを見つめている。そのうち幾人かの視線はまどかの背後に立つコンに注がれていた。

「何度もすみません。立花さんもここにいらしたんですね」

「実習生たちが相談事があるというので立ち寄って彼らの話を聞いていたんです。労災保険のことなんですけどね。それについては僕も専門ではないので、明日担当者に話を聞いてきてやることになりました」

「実習生たちも立花さんがいるおかげで心強いでしょうね」

異国でけがをしたり病気になれば大きな不安であるのは無理もないことだろう。各種保険など雇い主はちゃんとフォローしているのだろうか。

「そうだといいんですけど。ところでそちらの男性は？」

立花がまどかの後ろのアジア人男性を見て尋ねた。

「近くにあるカンボジア料理店にお勤めのコンさんです。出身はカンボジアです」

まどかが紹介するとコンは立花と実習生たちに小さく頭を下げた。

「カンボジアですか？　うちにもロンとペンというカンボジア人実習生がいますよ。今ちょうど買い出しに行ってるのでここにはいませんが」

「ソリヤって実習生はいなかったですか」

ソリヤの名前を聞いて立花が顔を曇らせた。

「以前、うちで働いていたカンボジア人の実習生です」

「以前働いていた？」

コンが聞き返すと立花はうなずいた。

「いろいろあってですね……」

彼は言葉を濁した。その先を話して良いものかどうか逡巡《しゅんじゅん》しているように思えた。

「会社を辞めたんですか」

なおもまどかが問い質《ただ》す。

「体調を崩して数日ほど休みをとっていたんですが、そのままいなくなっちゃって……」

「いなくなった？　どういうことですか」

「失踪ですね。技能実習生たちの中ではたまに起こることです。年々増えていって今では年間五千人以上が失踪しているそうです」

「そ、そんなにかよ！」

高橋が驚きの声を上げた。

「だけど彼らは借金を背負って日本に働きに来ているって言ってたじゃないですか」

まどかが指摘すると立花は小さくうなずいた。

「もちろんどこかで働いていると思いますよ。うちより稼ぎのいい働き口はないわけじゃないですからね」

立花の説明によれば、やはり低賃金という待遇が原因のようである。実習生たちは来日するに当たって地元で日本語教育を受けてきている。それには多額のお金がかかる。貧しい者たちは送り出し機関、つまりブローカーに多くの借金をしているというわけだ。そして彼らは日本に来さえすれば稼げると思っている。しかし現実は低賃金で劣悪な労働環境だ。そこで職場を逃げ出し、稼ぎの良い建設現場などで就労しているケースが多いという。彼らは不法残留者であるので、当然不法就労ということになる。彼らの失踪を手助けするブローカーさえ存在するという。中には犯罪に加担してしまうケースもあるようだ。

なるほど、立花が言葉を濁したのはそういうことだったのだ。

「つい最近までうちの店のお客でしたよ。会社を逃げ出したなんて初めて聞きました」

コンが「まずいな」と言わんばかりに舌打ちをしている。このことでソリヤの不法残留のことが警察に知られてしまったからだろう。そのことについて立花もコンも同じ気持ちなのだろう。もっともこの件はまどかたちの仕事ではないが、それでも違法行為を看過するわけにはいかない。関係部署に報告する必要がある。

「ソリヤさんは鬼頭さんからいわゆるパワハラを受けていたようですね」

「どうなんだろう。たしかに鬼頭さんからよく怒鳴られていたみたいですね。でも、ソリヤはなんていうか、仕事が雑でみんなの足を引っぱってましたからね」

立花が小首を傾《かし》げながら言うと他の実習生たちもうなずいていた。

「そうなの？」

まどかが実習生たちに声をかけると一番前に立っている中国人らしき男性がたどたどしい発音で「あいつは……フマ……ジメだたよ」と答えた。その表情にはどことなく嫌悪の色が浮かんでいる。他の実習生たちも同じだった。

「チョウの言うとおりソリヤは怠け癖がありました。そのうえ仕事の呑《の》み込《こ》みも遅くてみんなに迷惑をかけていたんだけど本人は反省する様子もなく、だから実習生たちの中でも孤立してたんです。僕のほうから何度も注意はしたんですけど、彼はそういうことに聞く耳を持たないタイプでしたね。話し合う余地がないというか」

立花は少し呆れたような口調だった。

「そんなにひどかったんですか。だったら鬼頭さんが怒るのも無理はないかもしれないですね」

外国人技能実習生に対してはここ最近の聞いた話から勤勉で熱心なイメージを抱きつつあったが、やはりそうでもない人物もいるようだ。

「まあ、でも鬼頭さんのことだから必要以上に罵《のの》ったとは思いますよ。それでソリヤは精神的に参ってしまったようです。それからしばらく仕事には出てこなくなって、ある日、姿を消したというわけです。近所で彼の姿を見かけたという者もいるみたいだけど、僕たちとしては逃げ出した実習生を連れ戻す義務はありませんからね。そこから先は行政や監理団体の仕事ですよ。もっとも今のシステムを変えていかないと今後も失踪者は増える一方だと思います。うちは違いますけど、技能実習生を食い物にしている業者は実際に存在しますから」

立花は少々うんざりしているようだった。実習生たちの起こすトラブルの多くに、実質彼一人で対応しているのだから無理もないだろう。今も仕事が終わっても実習生たちの相談に乗っているところだ。

「それではソリヤさんの所在は知らないんですね」

「僕は知りません。他の連中が知っているか聞いてみます」

「あ、ついでに鬼頭さんの所在についても聞いてみて下さい」

「分かりました」

立花は玄関先に集まっている実習生たちに外国語で声をかけている。彼らはいずれも首を横にふっていた。

「ソリヤも鬼頭さんについても知っている者はいないようです」

「そうですか……。もしなにか思い出したことがあったらどんなことでもいいので連絡いただけますか」

「もちろんです。それにしても鬼頭さんはどうしたんでしょうね」

立花はなにかを察したように眉《まゆ》をひそめた。実習生たちの間にも重苦しい空気が立ちこめている。

まどかたちは彼らに礼を言うとハウスをあとにした。

「いやぁ、まさかソリヤが不法残留者になっていたとは夢にも思いませんでした」

コンが髪の毛をクシャクシャと掻きながら言った。

「そんなこと本人もわざわざ申告しませんよ」

「刑事さんたちは社長殺しの犯人を鬼頭だと考えているんですね」

「それについては捜査上のことなので……」

鬼頭が社長を脅していたのはあの写真からして間違いない。彼らの間になんらかのトラブルが発生して今回のような事件に至ったということも充分に考えられる。たとえば金銭の要求に応じない社長に対して逆上した鬼頭が犯行に及んだなど、この手の金銭トラブルによる凶行は珍しいことではない。

「とりあえず店を覗いてみるか。ちょうど飯時だ。今日は来店しているかもしれない」

高橋がカンプチャの方角を指さした。ここからなら歩いても十五分もかからないだろう。

「そうですね。たまたま病気で寝込んでいただけかもしれないですしね」

ソリヤが鬼頭の所在を知っている可能性は薄いと思うが、それでも話を聞く必要がある。誰がどんな情報を握っているのか分からない。聞き込みを怠った人物に限って重要な情報を持っていたりする。それが重なってしまうと捜査が難航したり長期化してしまったりするのだ。

「僕も行きますよ」

「そうしてくれると助かります」

まどかたちはコンの申し出に感謝する。ソリヤが来店していた場合、コンがいてくれた方がスムーズに話が進みそうだ。

外はすっかり夜の帳《とばり》が降りていた。三人は並んで歩道を進んだ。道中、コンのさらに詳しい生い立ちを聞いた。彼も貧しい家で生まれ、大きな借金をして外国人技能実習生として日本にやって来たという。そこで日本人の女性と出会い結婚。日本の国籍を手にいれた。借金はコツコツ働いて完済したようだ。結婚に当たっては奥さんの両親や親族から大反対を受けたという。無理を押し切って籍を入れたが、今でも彼らに受け入れてもらえていない状況らしい。日本は豊かな国ではあるが、アジア人に対しての差別は根強いと感ずることが多々あるという。

「日本の企業は僕たちみたいなアジア人を奴隷や使い捨ての駒《こま》だと本気で考えているようです」

彼は知り合いが技能実習生として勤務していたある人気アパレルメーカーが発注している縫製工場の話をした。まどかはもちろん高橋も名前を知っている有名なアパレルメーカーだ。

その縫製工場は実習生たちを安すぎる賃金で長時間労働させた上に、一人当たり数百万円もの賃金や残業代が未払いのまま倒産し、その後場所や社名を変えて再び開業しているという。明らかに国の未払い賃金立て替え払い制度を悪用した計画倒産だ。賃金支払いを請求した知り合いの実習生は解雇された上に、寮も追い出されて今も訴えを続けているがそれも無視されているという。

「このようなケースは他でもよく聞きます。訴えても困ったことに違法ではないそうなんです。技能実習生なんて立派な呼び名ですけど、単に安くこき使える労働力にすぎません」

コンの声は暗かった。彼も今までに数え切れないほど理不尽な思いをくり返してきたのだろう。そしてそれは今でも続いているに違いない。

「法的にOKでも、道義的には大問題ですよ。それも制度の悪用ですから確信犯ですよね。利益追求のためとはいえどうしてそんな簡単に他人の権利やプライドを踏みにじることができるのかしら」

まどかは気づかないうちに握り拳《こぶし》に力を入れていた。

「アパレルメーカーからすれば発注先の問題だという主張ですけど、賃金未払いでもしないと経営が成り立たないような低単価で発注している側にも責任があると思いますよ。その縫製工場も経営はかなり厳しかったそうです。日本はたしかに高品質のわりに低価格の商品が多くて魅力的です。でもそれって誰かが傷ついて泣いているということを忘れてはいけないと思います」

コンの言葉が耳に痛い。まどかもそのメーカーの商品をよく購入する。理由はやはり高品質で低価格だからだ。それが実現できている裏では技能実習生たちが苦しみ泣いているわけだ。彼らの涙が消費者たちの満足度を潤わせているといえる。しかし実習生たちを食い物にしている中小や零細企業もさらに大手の食い物にされている。弱い者たちがさらに弱い者を食い物にするという構図が見える。

「そんな企業、本当に日本の恥だ。潰れてしまえばいい」

高橋が吐き捨てるように言った。

「世界的には労働環境の改善や生産過程の透明化を求める声が上がっていて、実際にそれらを実践している企業も増えてきています。今後日本でも広がる可能性があるでしょう」

「こんなことがいつまでもまかり通るはずがない。末端の労働環境に配慮しない企業はいずれ淘汰《とうた》されていくべきだ」

高橋が力強く言った。まどかも同感である。まずはこんな制度の悪用を許さない法整備が急務だと思う。

今回の事件を通して普段あまり気にかけていなかった労働環境の闇《やみ》に触れることになった。やはり闇には犯罪の臭いが立ちこめている。少なからぬ人たちが苦しんでいたり泣いていたりすればそこには根深い怨恨が生み出される。そしてそれが澱《おり》のように溜《たま》って飽和したとき、誰かが殺されるのだ。

まどかの重い気持ちが足取りにまで伝わってしまったようだ。高橋が「もっと速く歩け」と目で訴えている。

四月も終盤に入っているが風はひんやりとしている。三週間ほど前は満開だった桜も今では華やかさの欠片《かけら》もない。

今年もゆっくり花見をすることができなかったなあ。

ため息をつくまどかをコンは不思議そうに見つめていた。

「ああ、腹減ったなあ」

高橋が店の前でお腹《なか》をさすっている。まどかの腹の虫もぐうぐうと鳴っている。コンに聞かれていないか気になる。

「カンプチャ」と洒脱な書体の看板を掲げた、オリエンタルな造りの店は客たちですでに賑《にぎ》わっていた。入口付近には順番待ちをしている客が数名並んでいる。

「実は二日前のランチで並んだんですけど仕事が入って離脱する羽目になったんですよ」

それが鵜飼鉄筋の社長である鵜飼光友殺害の一報だった。その事件のことでこのカンプチャを訪れることになるとは因縁めいたものを感じずにはいられない。

「そうだったんですか。懲りずにまた来てくださいよ」

コンが残念そうに言った。

「ところでどうですか。ソリヤさんは来てますかね」

まどかが尋ねるとコンは店の入口から店内を見回した。

「やはり今日も来てないみたいです」

「不法残留者なら新しい住所も届け出てないだろうなあ」

高橋が頭を掻いた。

「彼らを手助けしてくれるブローカーがいますからね。もっともそれでソリヤの借金は増えると思いますけど」

コンが肩をすくめながら言った。彼の言うとおりソリヤはブローカーが用意した宿に身を投じているのだろう。それでもつい先日までこのレストランに通っていたのだから相当にここの料理が気に入っているに違いない。鵜飼鉄筋や監理団体の人間の目に留まれば面倒なことになるだろうに、そのリスクを承知の上でこのレストランで食事をしていたのだ。そんな彼が今は姿を見せていない。その理由が気になるところでもある。

「おい、コンじゃないか。今日は非番だろ」

従業員の一人がコンに声をかけた。華奢で長身な青年だが日本人のようだ。

「ソリヤが来てないか気になって。今日も来てないか」

「ああ、今日も見てないな。あれほど毎日来てたのにな」

青年は鼻の下をこすりながら答えた。

「そうか……。実はこの人たちは室田署の刑事さんでソリヤを捜しているんだよ。彼はほら、事件のあった会社の社員だったから」

「社長が殺されたやつだろ。鵜飼鉄筋だったっけ。ソリヤはあそこで働いていたのか」

青年は得心したように顎をさすりながらうなずいた。

「お仕事中失礼します。室田署の高橋と國吉です」

高橋が青年に声をかけると彼は相手が刑事だからか少し緊張した様子で頭を下げた。

「事件のことは先ほどうちの店長と話をしていたところですよ。店長が言うには殺された社長さんもうちの店の常連だったみたいです。最近は見なくなったと言ってましたけどね」

光友がこの店の常連だったことは青年もコンも知らなかったようだ。彼らがここで働き始めたのはここ数年だというから無理もない。

「店長さんとお話はできますか」

「よかったら事務所のほうに来てください」

「それは助かります」

まどかたちは青年とコンについて店の奥に入っていった。客たちのテーブルにはカンボジア料理が並んでいる。通り過ぎるとアジア料理独特の香辛料の匂いがした。それが食欲をくすぐってくれる。今すぐここでディナーをしたいくらいだ。しかし夜の捜査会議で報告できる情報がほしい。できたら鬼頭の所在を突き止めたいところだ。

「すぐ店長を呼んできます。こちらでお待ちください」

まどかと高橋は奥の部屋に通された。

室内は事務用のデスク二つに来客用のソファとテーブルが並んでいた。デスクの上にはパソコンが設置されていて若い女性が作業をしている。なにやら店のメニュー表を作成しているようだ。彼女は作業を中断するとまどかたちにお茶を淹《い》れてくれた。そして再び作業に戻っていった。

「座ってください」

コンに促されてソファに腰を下ろす。それから間もなく小太りの中年男性が入ってきた。コンと同じように肌の色が浅黒くて彫りの深い目鼻立ちをしている。鼻の下には髭《ひげ》をたくわえている。いかにも東南アジア系の顔立ちだった。

「うちの店長のシムです」

　コンが男性を紹介した。

「チョムリアップ・スオ」

　彼は横に広がった鼻の下で手を合わせてきた。

「カンボジアの挨拶は『ソンペア』という合掌の形をとります。チョムリアップ・スオは『こんにちは』の意味ですね。年長者や目上の人に対して挨拶する場合は膝《ひざ》を軽く曲げるのが最も丁寧な作法です」

　コンが小声で解説を入れてくれた。まどかたちも同じように合掌を返した。

　シムはすかさず名刺を差し出した。まどかは立ち上がって名刺を受け取る。そこには「カンプチャ店長　シム・ヌート」と印字されていた。

「この店を始めて何年ですか」

　高橋が着席しながら言うとシムもコンもソファに腰を下ろした。

「今年で三十周年です。父親が創業して、私が二代目です。父はカンボジア内戦を逃れて日本にやって来ました」

　シムが答える。

　生まれはカンボジアだが日本生活の方が長いようで日本語の発音はほぼネイティブといっていいだろう。人なつこそうな笑みを浮かべていて見るからに気さくそうな男性だ。

「繁盛しているようですね」

「ボチボチです」

シムは呵々《かか》と笑った。陽気な性格らしい。むしろこれはカンボジア人の国民性なのだろうか。

「カンボジアで内戦なんてあったんですか」

まどかが尋ねるとどういうわけかコンが舌打ちをした。高橋も非難するような目つきで肘《ひじ》をぶつけてきた。

な、なんなのよ……。

「ポル・ポトだよ」

高橋が小声で言った。その声はわずかに尖っていた。

「あ、聞いたことがある……」

その名前を聞いて学生時代に観た映画を思い出した。元カレが卒論を書くためにレンタルしてきたDVDを一緒に観たのだ。たしか『キリング・フィールド』というタイトルだった。死屍累々《ししるいるい》の山が広がる圧巻のシーンが印象的だ。映画の舞台はカンボジアで、カンボジアの兵士たちによって多くの市民が理不尽に虐殺されていた。その光景がタイトルにもあるまさにキリング・フィールドだ。

「私はそのころ現地にいなかったので実際に見たわけではないですが、クメール・ルージュに支配された当時のプノンペンは地獄絵図だったそうです。彼らは知識や教養があるというだけで反乱分子になる可能性ありと決めつけて都市居住者や資本家、技術者、学者、教師たちの多くを処刑しました。ポル・ポト時代には国の人口の半分が殺されたという説もあるそうです。まだ数十年前、現代の話ですよ」

「そ、そんなことがあったんですね」

「虐殺される側と虐殺する側の人間が今も共存している、そんな国です」

自分の両親を殺した人間が隣人かもしれないのだ。なんとも闇が深そうな話である。聞いていて暗い気持ちになってしまう。

「だからカンボジア人と会うとき、近現代の歴史や政治が絡む話はなるべく避けたほうが無難です。特に内戦時代の話はタブーですよ。反タイや反ベトナム感情もかなり強いです」

コンの説明にまどかは申し訳ない気持ちになって「すみません」と頭を下げた。欧米はともかく東南アジアの歴史には明るくない。

「いやいや、内戦の話を持ち出したのは私の方ですから。気にしないでください」

シムは両手をヒラヒラと左右に振りながら言った。気分を害しているようではないので安堵する。

「さっそくですが、いくつか聞きたいことがあります。鵜飼鉄筋の社長が殺害された事件のことはご存じだと思いますが、社長はこの店の常連だったのですね」

まどかは気を取り直すとシムに質問をした。鵜飼の名前を出すとシムの笑みが一気に薄れた。

「ええ、従業員との食事会や接待で使っていただいたりしましたね」

「最近は見かけない？」

「もう十年以上前の話ですよ。あの会社も昔はこぢんまりとしていましたからね。従業員も十人くらいしかいなかったんじゃないかな。今ではすっかり大きくなったようで、うちみたいな小さな店では対応できなくなったんでしょうね」

シムは少し淋しげに言った。店内をざっと見たところ席数は二十ほどしかない。たしかにちょっとした規模の会社の集まりには使えないだろう。

「あとソリヤというカンボジア人の客についてなんですが」

高橋が言うとコンは店長にソリヤについて説明した。彼もソリヤが鵜飼鉄筋の実習生であることは知らなかったらしく少し驚いていた。

「うちの常連さんでしてね。彼の故郷はフンと同じでした」

「フン？」

「うちの元従業員です」

そういうシムの表情がにわかに曇った。

「元従業員ということは今はいないのですね」

「カンボジア人は真面目《まじめ》で実直な国民性なんですが、みんながみんなそうではないんですよ」

「フンという従業員は問題があったんですか」

「まあ、なにかとトラブルメーカーでしたね。けんかっ早くて同僚に暴言を吐いたりして私も手を焼いてましたよ」

　ソリヤも職場で怠惰な仕事ぶりで他のスタッフの足を引っぱっていたが、フンはどちらかといえば鬼頭に近い気がする。

「店長として注意はしなかったんですか」

　まどかが聞くとシムはフルフルと首を横に振った。

「カンボジア人はね、どんなことがあっても人前で叱《しか》ってはダメです」

「どういうことですか」

　まどかが問い質すとシムはニヤリとした。

「カンボジア人は一般的に敬虔《けいけん》な仏教徒が多くて温和な性格です。家族や友人たちと過ごす時間を大切にします。協調性があって役割分担を行って皆で助け合うところがあります。親日家も多くて、タイ人やベトナム人に比べると友好的ですよ。ただ学歴や所得や身なりといったことで相手の身分を判断する傾向があって、見栄《みえ》やプライドの意識が高い。逆にそれらを持ち合わせていなければ強いコンプレックスになる気質があります。そんなカンボジア人は人前で注意されたり叱られたりして恥をかくことを心底嫌います。こちらに非がなくとも報復を受けてしまうことがあるくらいです」

「まあ、たしかに私も人前で叱られるのは嫌ですけど、自分が悪かったら仕方がないと思います」

まどかも上司から人前で注意を受けたことは数え切れないほどある。しかしパワハラだと思ったことは記憶にない。注意されるにはそれなりの理由があるし、まどか自身にも心当たりがあった。

「そこは文化や宗教観の違いからくる気質なんでしょうね。私はサシで厳しく注意しましたよ。気性の激しいフンのことだから人前でそれをしたらなにをしでかすか分かりませんからね。それから間もなく姿を消しました。今はどこでどうしていることやらです」

シムはため息をつきながら言った。

「そのフンという元従業員はソリヤと個人的に親しかったのですか」

もしソリヤの所在が突き止められなければフンから話を聞く必要が出てくるかもしれない。

「どうなんでしょう。少なくともあの二人が店内で会話をしているところは見たことがないですね。もっともフンは料理人だから厨房にこもりきりで客の前に顔を出すことは滅多にないですから、二人は面識がなかったんじゃないかな」

すべての客席から厨房の様子を窺うことはできないという。

「なるほど。ところでそのフンさんはいつからこちらで勤務されていたんですか」

取り立ててフンという人物に関心を持ったというわけではないが、今後彼についての情報が必要になるかもしれないので確認しておく。

無関係そうな小さな情報でものちのちどこで手がかりにつながるか分からない。もっとも捜査員たちが聞き込みでかき集めてきた証言のほとんどは役に立たないが。

「一年ほど前です。長年うちで働いていたディスという料理人が事件に巻き込まれてケガをしてしまい仕事ができなくなったので退職ということになりました。私も以前は厨房に立つ料理人でしたが、七年前の交通事故の後遺症で利き腕の指が思うように動かせなくなったので料理ができなくなってしまいました。困っていたところにフンが雇ってほしいと店にやって来たんです。とにかく料理の腕はたしかだったのですぐに採用しました」

「事件に巻き込まれた？」

横から高橋が割り込んだ。

「ええ。なんでも階段を降りていたら後ろから突き落とされたみたいです。命に別状はなかったんですけど、右手と左足首を骨折しちゃったんです。警察にも届けたようですが、犯人が捕まったという話は聞いてませんね」

犯人の顔を見ていないので年齢や特徴はもちろん性別すらも分からなかったという。特定に至らなかったとしても無理はないとまどかは思う。

それにしてもこんなところにも傷害事件がからんだという点が引っかかる。

「じゃあ、フンさんがいなくなって料理のほうは大丈夫なんですか」

まどかが尋ねるとシムはうんうんとうなずいた。

「ええ、ケガをした半年後には退職したディスが復帰してくれたのでそれでなんとかやってます。フンの作る料理は本来のうちの味とちょっと違うんですよね。彼の地元の特色が強いというか。そのことでディスとはよく揉めてました」

「美味しくなかったんですか」

この店の評判が落ちたという話は聞いたことがない。そもそもいつも待ち客たちが列を作っている。

「必ずしもそうではなかったですね。フンの味が好きだという客もいましたからね。ソリヤもそうでしたよ。常連向け裏メニューであるフンの料理をしょっちゅう注文してたくらいですからね」

「しょっちゅうですか。相当に気に入っていたみたいですね」

「ええ、ソリヤがうちのヘビーな常連になってくれたのもフンのおかげですからね。フンが来る前も同じカンボジアということで何度か立ち寄ってくれてたみたいですけど、そこまで熱心ではなかった。やっぱり地元の味だからなんでしょうね」

「分かります。一週間程度の海外旅行ですら地元の味が恋しくなりますよね」

まどかも海外旅行をすれば一回以上は日本料理店に駆け込む。

「カンボジアといっても地方によって味つけは微妙に違います。日本もそうですよね。関東と関西では違うでしょう。フンの料理は独特のクセがあって、それで好き嫌いが分かれてましたね。離れていった客もいましたけど、新規の客も増えたので客足が鈍るということはなかったです」

そう言えばここ最近、この店で食事をしたという知り合いが「昔と味つけが変わった」

と言っていた。

それは料理人がディスからフンに変わったからだろう。

もっともその知り合いは「これはこれで美味しかった」という評価だった。

「まあ、それでもフンがいなくなってくれて正直ホッとしてますよ。ソリヤみたいな客は離れていってしまうかもしれないけど、これ以上のトラブルは困りますからね。フンとのいざこざが原因で辞めてしまった従業員も少なからず出てましたから」

シムは疲れたようなため息をつきながら話した。

近くでコンが神妙な顔つきで点頭している。彼もなんらかのトラブルがあったのだろう。

「それにしてもフンさんはどこに行っちゃったんですかね」

「うちとしては去る者は追わずですよ。そのうち未払いの給料を受け取りに来るでしょう。復帰したいと言われても遠慮願いますけどね」

シムは少々呆れた口調で答えた。

まどかと高橋は顔を見合わせた。

ソリヤとフンの失踪。

鵜飼社長の事件に関連があるのだろうか。

失踪といえば……。

そのとき高橋のスマートフォンが鳴った。

彼はシムたちから少し離れて本体を耳に当てて小声で会話を始めた。どうやら相手は藤沢課長らしい。

まどかはシムとコンに向き直った。

「もしソリヤさんかフンさんの居所が分かったらこちらに連絡してください」

二人に連絡先が印字された名刺を渡す。

「マジですかっ⁉」

高橋の声に一同驚いて彼のほうに視線を向けた。それから高橋は通話の相手に数回相づちを打つとスマートフォンをポケットに戻した。

「どうしたんですか？」

「とりあえずここを出よう」

高橋はまどかに耳打ちすると、シムたちに礼を言って店を出た。

彼らは通話の内容に関心を惹《ひ》かれたようだが、なにも尋ねてこなかった。

「なにがあったんです？」

まどかは足早に歩く高橋を追いかけながら聞いた。

「新展開だ。聞いて驚くなよ」

彼は少し興奮気味の口調になっている。

「もったいつけないでくださいよ」

まどかはもどかしさのあまり高橋の腕を引っぱった。しかし彼の顔に笑みは浮かんでいない。

「鬼頭の死体が見つかったそうだ」

「死体って……どんな死体なんですか」

まどかは息を殺して尋ねた。

「見つかったばかりで詳しいことは分からん」

短期間で同じ会社の社長と社員が死んだ。この二件が関連性なしとはとても思えない。鬼頭に至ってはまどかの頭の中で社長殺害犯の有力候補だった。

「鬼頭は逃げられないと観念して自殺を図ったんじゃ……」

「バカ、早まるな。まだ自殺と決まったわけじゃないだろ。今から現場に向かうぞ」

二人は大通りに出るとタクシーを止めて乗り込んだ。高橋は運転手に「常盤町《ときわちょう》公園」と告げた。

常盤町公園はここから三キロほど離れているが室田署の管轄エリア内にある。

公園といっても敷地は狭くて古い公衆トイレといくつかの傷んだベンチがあるだけで遊具は設置されていない。周囲は古い雑居ビルや民家に囲まれていて細い路地に面している。日当たりが悪く、昼間でも陰鬱《いんうつ》な雰囲気なので利用者をほとんど見かけない。夜間になると人通りが途絶え、外灯も乏しく気味が悪いのでなおさら近づきがたくなる。

まどかたちは公園前でタクシーを降りた。

いつもだったら周辺は人気がないのに今は多くの人たちがロープを張られた公園の入口を取り巻いている。入口には最寄りの交番から駆けつけたと思われる制服姿の警察官が野次馬たちがロープより先に進めないよう立ちはだかっていた。連中の中には動画投稿サイトに流すつもりなのだろう、スマートフォンで撮影している者も少なくない。記者と思われる人物もいて、見物人たちに話を聞きながらメモを取っている。

「はぁい、ちょっと通してくださいね」

まどかと高橋は警察手帳を掲げながら人ごみをかき分けて進んだ。警察官に手帳を見せると彼はロープを持ち上げてまどかたちを中に入れてくれた。

「おう、ポンコツアベックのお出ましか」

まどかたちを見るなり朝倉達夫がニヤリとして言った。

「朝倉さん、今どきアベックなんて言いませんよ。カップルです、カップル」

高橋が指摘すると朝倉は「そんなんどっちだっていいわ」と鼻で笑った。

「そもそも私たちはアベックでもカップルでもありませんから」

まどかも否定した。

「ポンコツはまあ、こいつだけですから」

「高橋さん！」

まどかが拳骨をぶつけるポーズを取ると高橋はわざとらしくおどけた。

「お前たち、どう見てもお似合いのアベックだ」

朝倉は人差し指を高橋とまどかに交互に向けた。

「全然嬉しくないです」

高橋がきっぱりと言うと強面の朝倉はわずかに目尻を下げた。

そんなにきっぱりと否定されたらされたでカチンとくるものがある。しかしそれは表に出さないでおいた。

彼はまどかたちが所属する朝倉班のリーダーである。

そのいぶし銀ともいえる面構えと、どことなく哀愁を漂わせる枯れた雰囲気は刑事ドラマに出てくるベテラン刑事そのものである。ひそかに室田署の女性署員たちにも人気があったりする。

朝倉班からは他にもまどかたちよりも先に刑事課随一のお調子者である森脇浩一郎が臨場していた。

一番最初に駆けつけたのは最寄り交番の警察官二名、次に機捜の隊員二名、朝倉たちはその直後だったという。

すでに彼らの手によって現場の保全は施されているようだ。

早い段階で人の出入りをできるだけ排除しなければ、足痕《そっこん》や指紋、遺留品などの手がかりが荒らされてしまい捜査が困難になってしまう。

「公衆トイレですか」

高橋が公園の奥にある小さな建物を指さした。

男性用の出入り口はすでに青いビニールシートで目張りされている。野次馬やマスコミ連中の視線を遮るためだ。

「ホトケさんはあの中だ」

そう告げる朝倉はもう刑事の厳しい顔に戻っていた。

先ほどのようにまどかたちを茶化したのもこれから殺人死体に向き合うに当たっての緊張を解きほぐすためだったのだろう。口は悪いがあれはあれで部下思いゆえのことだとは知っている。

「ガイシャは鬼頭なんですか」

「財布の中に運転免許証が入っていた。顔写真とも一致しているから本人と見て間違いなさそうだ」

まどかと高橋は朝倉のあとについて公衆トイレに近づいた。

距離が近づくにつれて袖《そで》や襟の隙間《すきま》から入ってくるわずかな風が冷たく感じられる。四月も下旬に入ったというのに。この感覚は殺人現場で季節を問わずにやって来る。

それにしてもこのトイレは利用したくない。

周囲は木々に囲まれていてたとえ昼間でも薄暗いだろう。高橋たちと一緒にいるのに気味が悪い。一人だったら用を足すだけでも肝試しに等しい。

高橋が男性用トイレの出入り口を覆っているビニールシートをめくった。

朝倉、森脇に続いてまどかも中に入った。天井の蛍光灯がバチバチと音を立てながら不規則に点滅をくり返している。

入ってすぐにまどかは口と鼻を手のひらで押さえた。アンモニア臭と一緒に鼻腔《びこう》をつく生臭《なまぐさ》さに顔をしかめてしまう。

血の臭いだ。それも大量の。

刑事課に配属されてから覚えた臭いである。もちろん好きになれない。

一番最後に入った高橋は再びビニールシートを元に戻した。

男性用は小便用便器が二つに個室が一つ、洗面台が一つという配置だった。個室の扉や壁はスプレーで描かれた落書きで埋め尽くされている。

しかし最近はほとんど利用されていないようで床や洗面台には砂埃《すなぼこり》が積もっていた。

そしてなにより壁にも床にも明らかに血痕《けっこん》が認められる。それも相当の出血量だ。

まどかは唾《つば》を飲み込んだ。

個室の扉は開きっぱなしになっている。

「発見時、ここは閉められた状態だったそうだ」

朝倉の報告を聞きながらまどかと高橋は回り込んで個室の中を覗いた。

中にあったのは一般的な公衆トイレと同じで洋式の便座だった。

しかし今は便器に覆い被《かぶ》さるようにして男性が倒れていた。

シャツの生地の数カ所が切り裂かれていて、そこを中心に本来白だったシャツの大部分がどす黒く染まっている。

「脇腹《わきばら》も刺されていますね」

高橋がしゃがみ込んで死体をつぶさに眺めた。

「鵜飼光友と同じような手口ですね。滅多刺しだ」

森脇が口元を押さえながら死体を見下ろしている。

なにより明らかに他殺体だ。

「壁の血痕の状況からしておそらく小便用の便器で用を足している最中に背後から刺されたんだろう」

「そうだと思います。ズボンのベルトは緩んでいるしファスナーも開いたままでした」

高橋が同意する。

ズボンは腰より下にわずかにずり落ちていて下着の一部が見える。その下着やズボンにもところどころに血液のかたまりが付着している。

「刺したあとに個室に隠したんですね」

まどかは床を指した。

血の混じった砂埃に引きずったようなあとが認められる。

それは個室に続いていた。

「死体の状態からして死後二日といったところかな」

朝倉は死体に顔を近づけながら皮膚や眼球、出血のかたまり具合を観察して言った。

「二日間もこんなところで……」

森脇が憐《あわ》れむように言った。

発見されたのは今から三十分ほど前だという。

通報者はどうしても便意が我慢できなくてここに飛び込んだという中年の男性だ。今は外で待機してもらっている。彼にはこれから詳しい話を聞かなくてはならない。

「このトイレは使用禁止になっていたんだ。近く撤去される予定らしい。二日なら早いほうだ」

朝倉は眉間《みけん》に皺《しわ》を寄せつつ、なおも死体を検分しながら言った。

まどかは死体が怖くて彼らのように顔を近づけることすらできない。今も吐き気をこらえている真っ最中だ。とても慣れることができるとは思えない。それでも刑事の使命感から、死体から目を逸《そ》らさなかった。

「それより二日前は鵜飼社長も殺されてます。手口からしても同一犯の可能性が高いでしょうね」

高橋の指摘にまどかも同感だ。

こんな残酷な手口の殺人が身近でそうそう起こるものではない。

そして犯人は被害者に対して相当に強い怨恨を抱いていたはずだ。

「こんなところに落ちてたぞ」

朝倉は手袋をはめると便器の後ろに手を伸ばした。

「果物ナイフだ。これが凶器だな」

彼は慎重な手つきでナイフを拾い上げた。

「社長のときと同じやつですよ！」

高橋の言うとおり鵜飼社長殺害現場で見つかったナイフとほぼ同じものだった。メーカーは花崎刃物で、全国の量販店に大量に出回っているので流通経路を特定することは不可能だ。

また社長を刺したナイフからも犯人の指紋は検出されていない。犯行時に手袋をはめていた可能性が高いというのが鑑識の見解である。

もし同一犯なら今回もその可能性が考えられる。

「社長を殺害したのは鬼頭だと考えていたんですが……」

高橋は今日聞き込んだ内容を朝倉に報告した。

「その鬼頭が社長と同じ手口で殺されたんだ。犯人は別にいると考えるべきだろう」

「ですよね」

高橋が頭を掻こうとしたのでまどかはその手を止めた。

そんなことをすれば髪の毛が落ちてしまう。現場はなるべく荒らさないようにしなければならない。高橋はバツが悪そうな顔で手を引っ込めた。そんな二人を見て朝倉が鼻を鳴らしている。

それから間もなく室田署の鑑識係員二名が入ってきた。青い作業着姿の彼らはさまざまな道具の入ったケースを持ち込んでいる。彼らは挨拶もそこそこに作業を始めた。まずは死体の状況をカメラに収めている。

「本庁が入りますかね」

高橋が言うと朝倉はうなずいた。

「連続殺人の可能性が高いからな。連中も所轄任せにしておけないとか言い出すだろう」

「俺たちだけでやらせてもらえないですかね」

高橋は小さくため息をついている。特別合同捜査本部になれば本庁捜査一課が捜査の主導権を握ることになる。まどかたち所轄はサポート的な役回りである。高橋みたいにそれを面白くないと思う所轄刑事も少なくない。

「ガイシャはなにかを握ってませんかね」

森脇が指摘すると撮影していた鑑識係員がファインダーから顔を離した。

死体の右手は握り拳を作っている。死後二日なら硬直も解け始めているところだ。

鑑識係員はカメラを置くと慎重に死体の指を開かせた。

「なんだこりゃ？」

署員がつまみ上げたものにまどかたちも顔を近づけて見た。

「ボタンですかね」

森脇が自分のスーツのボタンを指しながら言った。

それは直径二センチほどの焦げ茶色の物体で木製のように見える。とはいえ木とはまた少し違った風合がある。ところどころに引っ掻いたような白い筋が入っていて、中央部に四つの小さな穴が開けられていた。

まどかもこれはボタンだと思う。

そしてさらに目を凝らしてみた。これと同じ質感のものを見たことがある。

「立花さんのブレスレット！」

まどかは膝を叩《たた》きながら言った。

「彼のブレスレットがどうした？」

高橋が瞬きをしながら聞いた。朝倉もまどかに近づいてきた。

「立花さんのブレスレットの球と同じ色合いですよ」

「ホントだ。同じだ」

高橋もボタンを見ながら何度もうなずいた。

「どういうことだ」

目を丸くする朝倉にまどかは立花のブレスレットの話をした。

乾燥させたココナッツの殻を加工して作られたブレスレットを彼は外国人実習生からもらったと言っていた。そのブレスレットとこのボタンの質感が酷似している。

「あのブレスレットをくれた外国人実習生ってソリヤじゃないのか」

高橋に向かってまどかは同感だと首肯した。すぐに立花に確認してみる必要がある。

「ソリヤって誰なんだ」

朝倉の問いかけに高橋はソリヤが鵜飼鉄筋の元実習生だったことを伝えた。

「そのソリヤというカンボジア人はどこにいるんだ」

「行方不明です」

「どういうことだ？」

　朝倉の瞳がギラリと光った。

　高橋はソリヤについての詳細を説明した。

「ソリヤは執拗なパワハラを受けたことで鬼頭を強く恨んでいたというわけか」

「カンボジア人は人前でなじられることをとても嫌がるそうです。鬼頭は特に仕事がおぼつかなかったソリヤを目の敵《かたき》にしてところかまわず罵倒していたようです」

　言葉も通じにくい異国の地での労働だけに日常的に大きなストレスに苛《さいな》まれていたであろうことは察するに余りある。また現地ブローカーたちへの多額の借金の返済も相当なプレッシャーになっていただろう。夢の国日本で技術を習得して大金を稼いで家族に楽な生活をさせてやるんだという希望は、彼ら外国人実習生を捨て駒同然にしか思わない日本人たちによってもろくも打ち砕かれた。

「日本の労働システムが今回のような事件を生み出したんだと思います」

　まどかは実習生たちのうつろでどんよりとした瞳を思い浮かべた。

　そこには絶望、怒り、哀しみ、自嘲《じちよう》、諦《あきら》めといったネガティブな色しか浮かんでいなかった。

　自分たちが豊かになるために日本までやって来たのに、貧しい彼らが逆にさまざまなものを吸い取られて消費されていく。得るもの以上に失うものの方が大きい。理不尽と不条理に翻弄《ほんろう》される毎日。

彼らはとっくに気づいているはずだ。自分たちは食い物にされているだけだと。彼らの鬱憤《うっぷん》や鬱屈《うっくつ》を溜《た》め込んだ風船はパンパンに膨らんでいる。ソリヤに至っては限界を超えて割れてしまったのだ。

「俺もそう思います」

高橋もきっぱりとした口調で言った。朝倉は意外そうな眼差《まなざ》しをまどかたちに送っている。

「私たち日本人は外国人労働者たちの実態や現実にあまりにも無知すぎたんです。実習生や留学生なんて聞こえがいい名称ですけど、実態は奴隷同然です。企業のいいように使い倒されてきた。どんなに努力しても評価されることもないし、待遇がよくなることもない。それどころか差別的な扱いさえ受けてきました。そんな現状を知らない人たちは手を差し伸べることもないし、かといって知っている人たちは見て見ぬふりをしてきた。行政もそうです。ある程度実態を把握しておきながら企業寄りの対応ばかり。そんな毎日を送っていれば外国人の労働者たちはあんなに憧れていた日本を嫌いになります。嫌いになるだけならまだましですよ。恨んだり憎んだり、中には日本人に対して殺意を抱く者が出てくる。今回はまさにそれだと思います」

まどかはこの二日間で目にして感じたことを素直に口にした。

「そういうことなのか?」

朝倉は高橋に向き直って尋ねた。彼は「はい」と力強く首肯した。

「実際、どうなんですかね。彼らを駒のように使っていれば今はいいかもしれない。企業は人手不足を低賃金で解消できる。利益は上がるでしょう。でも少子高齢化がエスカレートして日本が人手不足で本当に困ったことになった将来、外国人たちは俺たちに手を差し伸べてくれるでしょうか。経済大国としての魅力を失った日本に彼らは来てくれるんですかね。俺はあり得ないと思います。今日本で虐げられている実習生たちやその家族は特にです。いずれ日本は因果応報を思い知ることになるんじゃないかな。外国人実習生たちを見てきて、俺はそう思いましたよ」

高橋はまどかの思っていることを的確に代弁してくれた。彼自身も、外国人実習生たちの実態に尋常ならざる思いを抱いていたようだ。

二時間後に室田署の会議室にて捜査会議が開かれた。まどかたち刑事課の署員が勢揃《せいぞろ》いしている。一日中靴の踵をすり減らしたとあってそれぞれが表情に疲労の色を浮かべているが、瞳はギラついた光を放っている。

「明日には本庁の連中がお越しになるそうだ」

雛壇《ひなだん》に着席した藤沢課長の報告に署員たちの間に緊張した空気が流れた。二人目の被害者が出たことでマスコミの動きも慌ただしくなってきた。本庁も所轄だけに任せておけないという判断なのだろう。明日になればここは本庁捜査一課の捜査員たちに征服されてしまう。まどかたち所轄組は彼らのサポート役に徹しなければならない。できたら室田署だけの力で事件を解決したかったと毛利署長や藤沢課長たちは忸怩たる思いを持てあましているに違いない。

「被害者が鬼頭秀範《ひでのり》本人であることは確認された。状況からして自殺はあり得んだろう」

現在、死体は司法解剖に回されているが、死因が刃物による失血死であるのはほぼ間違いないと思われる。創傷は複数箇所にわたっていたし、現場に残された血痕も相当の量だった。足痕の位置や着衣の乱れからして若干争ったような形跡も認められる。被害者も傷を負いながら必死の抵抗を試みたのだろう。鬼頭は過去に柔道経験があることもあって、がっしりとした体格で腕っ節も強いほうだと思われるが、さすがに凶器で背後から不意打ちされたとなれば太刀打ちもままならなかったようだ。それでも相手の着衣のボタンを引きちぎった。これは大きな手がかりである。

現場となった常盤町公園の公衆トイレは撤去予定のため閉鎖されていたはずだ。第一発見者の男性もそうだったように、突然催してきた尿意に鬼頭はあのトイレに飛び込んだのかもしれない。用を足している最中に犯人に襲われた、そんな様子が浮かび上がる。

それから署員たちによる報告がされた。まどかたちも今日の聞き込みで得た情報を報告する。藤沢はやはりソリヤに大いに関心を向けている。まどかと高橋は鬼頭の殺害現場を出てからその足で立花の自宅に向かった。殺された鬼頭が握っていたボタンのことで立花のブレスレットを確認させてもらうためだ。やはり握られていたボタンとブレスレットの素材は見た目も質感もほぼ同一だった。ボタンは科捜研に送られて詳細に分析されることになっている。そしてなによりこのブレスレットを立花にくれた外国人実習生とはソリヤだった。

彼は鬼頭が殺されたと知って腰を抜かしたように椅子《いす》に腰を落とした。

「僕は鬼頭さんを疑ってました」

立花は顔を手のひらで覆いながらゴシゴシとこすった。社長殺しの犯人は鬼頭だと考えていたようだ。それはまどかたちも同じだった。

「課長」

室田署随一の巨漢の山田慎也が手を挙げた。彼は聞き込みが長引いたようでたった今戻ってきたばかりだ。ハンカチで額の汗を拭いながら立ち上がった。

「二日前の夜九時ごろ、現場に立ち寄る鬼頭らしき男性が目撃されてます」

「ほぉ。報告しろ」

目撃者は近所に住む三十代の男性で、帰宅の途中で公園に入って行く男性を見かけたという。身長や体格などの特徴も鬼頭と一致している。なにやら落ち着かない様子で公衆トイレの出入り口に置いてあった立ち入り禁止の柵《さく》を乗り越えて入って行ったそうだ。

やはり突然の尿意での飛び込みだったようだ。

「それだけじゃありません。それから間もなく男性を追うように別の男がトイレに入って行ったというのです」

山田の報告に署員たちはざわついた。

証言者の男性はトイレに入って行った二人を「同性愛者」と思ったのだという。

「ハッテン場か。実際、あのトイレは以前そういう場所であるという噂《うわさ》があった」

隣の高橋がニヤリとしながら小声で言った。

「ハッテン場？」

聞き慣れない言葉にまどかは聞き返した。

「知らんのか。男性同性愛者たちが出会いを目的として集まる場所のことだよ」

「あそこってそうだったんですか」

「あくまでも噂だ。近隣住民からトイレの中でよからぬことをしていると苦情が何件か出ていたんだよ。とはいえ確認されたわけじゃないからな」

「トイレが出会いの場だなんて、もう少しロマンチックになれませんかね」

「世間が彼らにロマンチックを許さないからそういうことになるんじゃないか」

「そうかもしれないですけど」

世間の人たちの偏見が彼らを陰に追い込んでいるのは間違いないだろう。それにしても出会いがトイレだなんて辛すぎる。性別問わず、好きな人と好きな場所でいつでも逢《あ》えることが当たり前の世の中になるべきだ。

そんなことをちらりと考えながらも、報告に耳を傾けた。

「なので男性の呻《うめ》くような声が聞こえたけど、そういうことだと気にしなかったそうです」

山田の報告に藤沢が一瞬だけ笑いをこらえたような表情をみせた。さすがに吹き出すわけにはいかないだろう。

「その男の特徴は？」

そんな藤沢が促すと山田はメモ帳に目を落とした。

「暗かったのでなんとなくながら、外国人……東南アジア人に見えたと証言してます」

またも署員たちがどよめきの声を上げた。鬼頭の殺害犯がソリヤであることにますます確信が高まった。

「よし、まずは鵜飼鉄筋の元従業員のソリヤから話を聞く必要がある。本庁の連中がやって来る前にソリヤを見つけ出せ」

藤沢はテーブルをバンバンと叩いて署員たちに告げた。彼の隣に座っている署長も腕を組みながら厳しい顔つきをしていた。

Murderous intent makes delicious food.

＊

# 第4章　隠し味は殺意

四月二十三日。

午前中はソリヤの所在を突き止めるために聞き込みにまわったが、これといった情報を得ることができなかった。本庁の捜査員たちは夜の捜査会議までに室田署に集まってくるという。まどかたちは聞き込みと同時にそれまでの捜査の経過を資料にまとめなければならないため、一度室田署に戻ってきた。事務作業を終えると午後二時を回っていた。

「くそ、腹減ったぜ」

高橋は壁の時計を見上げながら腹を押さえた。

「無理もないですよ。ランチまだですもん」

「お前にとっちゃ、死活問題だろ」

「おっしゃる通りです！」

ランチ刑事《デカ》の異名を取っているだけにそこは否定しない。

「あそこ、まだ開いてるかな」

高橋は床を指さした。

「あそこってティファニーですよね」

「あんまり時間とれないぞ」

これからなんとしてでも本庁の連中が押しかけてくるまでにソリヤを見つけ出したい。それは所轄の意地でもある。つまりランチに時間が割けないというわけだ。そしてここから直近のランチはティファニーである。なによりちょうどティファニー気分だ。

「ランチ抜きなんてあり得ないです。夜まで絶対に確実にもちません」

まどかは声に力を込めた。高橋はコクリとうなずく。

「腹が減っては戦はできぬ、だな」

「当たり前でしょう」

まどかたちは椅子《いす》から立ち上がると地下にある食堂に向かった。

「ちょ、ちょっと待った！」

ちょうどまさにコックコート姿の古着屋が「Close」のプレートをドアノブにかけようとしているところだった。

「今日は二時までなんだが」

「そ、それはよく分かってます。だけど、ここで見放されちゃうと私たちはランチ難民になっちゃうんですよぉ」

まどかはすがりつく勢いで古着屋に迫った。彼は少し驚いたように目を丸くしている。

「あそこの社長の事件の捜査か」

古着屋は鵜飼鉄筋のほうを指しながら言った。昨夜、鬼頭の死体が発見されたことがさっそくニュースになっている。

「そうです！　今夜、本庁の人たちが押しかけてくるからそれまでに犯人を挙げたいんですよ」

「所轄のプライドってやつか」

古着屋はわずかに口元を緩めた。

「そのためには私たち、どうしてもランチが必要なんです！　もしこのまま追い出されて犯人が捕まらなかったら明らかに古着屋さんの責任ですからね。公務執行妨害もんですよ」

まどかは彼に人差し指を突きつけた。

「なんだ、そりゃ」

古着屋は呆《あき》れたような口ぶりだ。無理もないが、ランチにありつけないなんて事態は避けたい。二時を過ぎると近隣の店のほとんどがランチメニューの時間外となってしまう。さらに今はますますティファニー気分なのである。

「古着屋さん、捜査にご協力願えないでしょうか」

高橋まで頭を下げている。彼も空腹がピークを迎えているのだろう。

「分かった。入れてやる」

しばらく考え込んでいた様子の古着屋だが納得したようにうなずくと店の扉を開いた。

「本当ですか⁉」

まさか本当に受け入れられるとは思わなかった。

「ただし条件がある」

彼は丸々と太い人差し指を立てた。

「な、なんですか」

「今捜査中の事件について話を聞きたいんだが」

「古着屋さん、私たちの事件に興味があるんですか」

まどかは意外な思いで相手を見た。

「ああ、少しな」

彼は腫《は》れぼったい目をまどかに向けている。

「は、はあ……」

まどかは高橋と顔を見合わせた。彼は小さくうなずいた。市民に捜査内容を漏らすのは御法度だが、マスコミに流されている程度の情報であればさほど問題ないだろう。それより今はランチにありつきたい。

中に入ると客の姿はなかった。厨房《ちゅうぼう》では従業員たちが片付けを始めている。まどかは鼻をクンクンさせた。香辛料を思わせるスパイシーな匂《にお》いがする。

「言っておくが用意できるメニューは限られるぞ」

「無理言ってすいません」

まどかと高橋はテーブルにつきながら頭を下げた。

「今日の日替わりランチはなんだったんですか」

「グリーンカレーだ。今週はアジア料理を中心にメニューを組んでいる」

漂っていたのはやはり香辛料の匂いだったのだ。

「うわぁ、グリーンカレー！　大好きです」

「残念ながら品切れだ」

「ええ〜、そうなんですかぁ」

「代わりに別のものを作ってやる。それがなにかはお楽しみだ」

古着屋はそれだけ言うとニコリともせずに厨房に入っていった。

「あの人とは打ち解けられそうもないですね」

まどかは厨房の奥に消えていく古着屋の大きな背中を見つめながらため息をついた。

「腕利きの職人ってあんな感じじゃないのか。一日中、料理のことばかり考えているから
コミュニケーションが苦手になるんだよ」

「でも飲食ってサービス業だから接客だって重要ですよね」

「あれほどの腕前だからそんなことを気にする必要がないのさ」

「でも腕前だけじゃないんですよね、あの人は」

「絶対食感とか、共感覚とか言ってたな」

絶対食感は一流の料理人なら少なからず持ち合わせている能力かもしれない。

しかし味の共感覚はどうだろう。他人の味覚を共有する能力。超能力にしか思えない。

「そんな彼が作るメニューってなんなんですかね」

「お楽しみだなんて珍しくもったいつけてたな」

「ものすっごぉく楽しみなんですけど」

文字通り期待に胸が膨らむ。

「古着屋マジックを見せてくれるのかな」

「あんなにもったいつけているんですもん。絶対になにかやってくれますよ」

「ゆっくりできないのが残念だ」

高橋の言うとおり夜までにソリヤの所在を突き止めなければならない。室田署の刑事としてのプライドもあるし、署長や課長に花を持たせてやりたいとも思う。なんだかんだ言ってお世話になっている上司である。

まどかはセルフサービスのお茶を淹《い》れに席を立った。

「ソリヤのやつ、すでに高飛びしてないかな」

席に戻ると腕を組んだ高橋が気難しそうな顔を向けた。

「それやられちゃうと厄介ですよね」

すでに日本を出てしまった可能性は高い。もちろん他の班がソリヤの出国を調べている。今朝の時点で出国した記録はない。しかし偽造パスポートを使うなどすれば話は別だ。金さえ用意すればそれらを手がけてくれるブローカーは存在する。どんな手段であれソリヤが日本を出てしまえば室田署だけでは手が出せない。警視庁はもちろん、逃亡先の政府の協力も必要となってしまう。

「ああ、なんとか俺たちだけで片をつけたいな」

高橋は湯飲みに口をつけると一気に飲み干した。

「夜まではまだ時間があります。最後まで諦《あきら》めずに頑張りましょう」

まどかも握り拳《こぶし》に力を入れる。

「お待ちどおさん」

古着屋が料理を運んできた。

「な、なんですか、これは⁉」

皿の上に卵とじのような料理がなにかの葉っぱに包まれるような形で載せられている。また同じ皿に湯気の立ったライスが盛りつけられていた。葉っぱで象《かたど》られた容器はアジア気分を盛り立てている。中には卵とじや鶏肉《とりにく》や魚、野菜などが詰め込まれているようだ。見た目はツユの少ない親子丼、または茶碗蒸《ちゃわんむ》しに似ている。鼻を近づけるとわずかにココナッツの匂いがした。

「アモックだ。クメール料理だよ」

「それってカンボジア料理ってことですよね」

名前は知っていたが実物を目にするのは初めてだ。

「ああ、カンボジアを代表する伝統的料理の一つだ」

まどかはひと匙《さじ》すくってご飯の上に落としてみた。水分が少ないためか見た目以上にボロボロとこぼれる。

「どうしてカンボジア料理なんですか」

「嫌いか」

「そうじゃないんです。私たちにとってこのタイミングでカンボジア料理ってあまりにもタイムリーなんですよ」

「そうなのか」

古着屋は興味なさそうに言った。

「昨日、『カンプチャ』に行ってきたばかりです」

「あの店なら知ってる」

「行ったことあるんですか」

「常連というわけではないが何度かある。最後に立ち寄ったのは半年ほど前だ」

彼は小さくうなずいた。

「そんなことより高橋さんと私では微妙に違うみたいですけど」

両者とも見た目は似ているが高橋のほうはカレーのようにとろりとしている。

「両方とも同じアモックだ。同じアモックでも店によってその特徴はさまざまだ。今回は二バージョンを用意してみた」

まどかはひと匙おそるおそるご飯と一緒に口に含んでみた。

「あまーい」

ココナッツの風味が口の中にふわりと広がる。それでいて酸味のある塩辛さがほのかに漂っている。それがまた旨味《うまみ》になっている。

「こちらはそれほど甘くないぞ」

高橋が口をモグモグさせながら言った。

「甘さはココナッツだけど、この酸味はナンプラーですよね」

「それがアモックだ」

古着屋が相変わらず愛想もなく答えた。

「ちょっともらいますよ」

まどかは高橋の皿から料理をすくった。彼もまどかの皿に手を伸ばしている。

「ああ、同じアモックでも全然違いますね」

高橋のアモックは食感も味もカレーに近い。見た目は似ていても両者はまるで別物だ。

「私はこちらのほうが好みかなあ」

まどかは高橋の皿を指した。

「俺もこっちだな」

彼も同調する。まどかのアモックは甘味が強すぎる気がする。その点、高橋のは甘味と酸味のバランスが取れているように思える。とはいえまどかのアモックは食べられないというわけでなく、むしろ美味《おい》しい料理といえる。どちらが美味しいと思うか、それは好みで分かれるだろう。ただ、日本人ならやはり高橋のアモックを好むかもしれない。

「このバージョンの違いはなんなんですか」

「二人の料理人の調理を再現したものだ」

「二人の料理人ってのは誰なんですか」

「偶然かな。カンプチャだよ」

古着屋はなにを考えているのかさっぱりつかめない表情で答えた。

「カンプチャですか!?」

カンプチャの二人の料理人。事件に巻き込まれて一度は退職したディス、そして彼と入れ替わるように雇われたフン。彼は店長曰《いわ》くトラブルメーカーで、しかも現在行方不明だ。

「どうしてカンプチャの料理人なんかを再現したんですか。それも二人も」

「どうしてかな。あんたら二人を見ていたらこの料理だと思ったんだ。不満か」

古着屋の瞳《ひとみ》がギラリと光った。

「そういえば事件のことを聞きたいと言ってましたね」

すかさずまどかは尋ねてみた。

「カンボジアの実習生が社長と社員殺しの犯人なのか」

「いまそのカンボジア人の行方を追ってます。身柄を確保して話を聞き出せばはっきりすることです」

ソリヤのことは実名は伏せられたままだが今朝の新聞やニュースでも報道されている。

古着屋もそれを見たのだろう。

「そうか……。それならいい」

「なにか気になることでもあるんですか？」

高橋はスプーンを皿の上に置いた。いつの間にか料理はきれいに平らげている。まどかはまだ半分残っている。

「この料理なんだが……」

古着屋はまどかのアモックを指さした。

「これがなにか？」

「料理は完璧《かんぺき》に再現されているはずだ。刑事のくせにこの味になにも感じないのか」

「なにを言ってるんですか」

「刑事の勘ってやつだよ」

古着屋の言わんとしていることがさっぱり分からない。このアモックの味と刑事の勘になんの関係があるというのか。

まどかはスプーンを手に取って再び料理を口に運んだ。

「ちょっと甘すぎるかなあってことくらいしか……」

いったいこの味になにがあるというのか。

そしてソリヤはどちらの味が好みだったのだろう……という疑問が湧《わ》いた。

「そうか。まあ、それが普通なのかな。どうも俺は料理に余計な味まで感じてしまう」

「余計ってどんな味ですか」

まどかは意地になってもう一口食べてみた。どうにも分からない。高橋も戸惑った様子で首を捻《ひね》っている。

古着屋は咳払《せきばら》いをしてまどかたちに向き直った。

「殺意だよ」

彼は静かに告げた。

「殺……意、ですか」

「ああ、それもかなり強力な。まあ実際、殺意を抱いているから本当に人を殺すとは限らない。だけどあのレストランの近くであんな事件が起こったからな。気になっていたんだ」

古着屋は相変わらず無表情だ。彼はどこまで喜怒哀楽といった感情を持ち合わせているのだろうか。

「二人の料理人はディスとフンです。これはどちらの料理なんですか」

まどかは食べ残したアモックを指さした。

「さあな。あの店は厨房の内部が見えないようになっているから料理人が誰かなんて分からない。ただ味つけの違いから二人いたことだけは分かる」

「どうして私たちに二人の料理を食べ比べさせたんですか」

「そうすれば殺意の味が際立つかと思ったからだ。あんたたちには効果がなかったようだがな」

「そもそも殺意を味覚で感じるだなんてこと自体が超能力ですよ」

「超能力じゃない。単なる職業病だ」

「そんな職業病、聞いたことがありませんよ」

古着屋が口角をわずかに下げた。

そのときだった。

「おい！　お前たちこんなところにいたのか」

背後から声がしたので振り返る。店の出入り口に藤沢課長が立っていた。彼はいつになく張り詰めた表情を向けている。

「どうしたんですか」

まどかと高橋は立ち上がった。

「食べ終わったら皿を持ってきてくれ」

古着屋はそのまま厨房に戻っていった。

「どうしたもこうしたもあるか。ソリヤが見つかったんだよ！」

「マジですか。やったじゃないですか」

高橋が声を弾ませる。

本庁がやってくる前にソリヤを確保できた。これで室田署のメンツが保たれる。

「やったじゃねえよ、最悪だ」

藤沢は辛《つら》そうに顔を歪《ゆが》めると拳《こぶし》を柱に押し当てた。

「ど、どういうことですか」

まどかと高橋は藤沢のもとへ駆け寄った。彼の切迫した表情に胸騒ぎを覚えた。

「殺しだよ」

「ソリヤのやつまた誰かをやったんですか」

高橋が眉《まゆ》をひそめた。

「違う。殺されたのはソリヤのほうだ」

「はぁぁ？」

まどかと高橋の素っ頓狂な声が重なった。そんな二人を古着屋が厨房の奥から見つめていた。


その夜には警視庁捜査一課の捜査員たちが室田署に集まってきて、所轄主導だった捜査本部は本庁主導による特別捜査本部に取って代わられた。

「まさかソリヤが殺されただなんて、今でも信じられませんよ」

ティファニーで課長からソリヤのことを聞かされたときは、しばらく茫然自失《ぼうぜんじしつ》となった。

「だけど鵜飼社長と鬼頭の殺しはソリヤの犯行だった可能性が高い」

現場の聞き込みからソリヤと思われる人物の目撃情報がいくつか出ている。鬼頭が公衆トイレに入って行くところを見たと証言した男性に鵜飼鉄筋から提供してもらったソリヤの写真を見せたら、鬼頭を追うようにトイレに入って行った東南アジア人とそっくり、いやむしろ本人だと証言した。また鵜飼社長の現場でもソリヤの顔写真を持って再び聞き込みを重ねたところ、今になってソリヤらしき人物を見かけたという証言が複数出てきた。写真を見せることで証言者たちの記憶が呼び起こされ、新たな証言をしてくることはままある。だから警察は同じ人物に何度も同じ質問や聞き込みをくり返す。また指紋は出てこなかったが、現場に残された犯人のものと思われる足痕《そっこん》が、ソリヤのシューズとサイズ・デザインともに一致した。さらに彼の自宅から凶器と同一のナイフのカバーが見つかっている。また鬼頭が握りしめていたボタンであるが、分析の結果やはりココナッツの殻が材料となっていた。そしてソリヤの部屋から同じボタンが一つとれているシャツが見つかった。またそのシャツには鬼頭と同じ血液型の血液が付着していた。さらにいえば二つの犯行現場から同一人物の毛髪が見つかっていて、解析の結果それがソリヤのものであることが確定された。

ここに来て鵜飼社長と鬼頭殺害の犯人はソリヤである可能性が高まった。

動機は、鵜飼社長については、食いものにされた会社への恨み。ソリヤは外国人技能実習制度の理想と現実のギャップに大いに失望していたと立花が言っていた。その恨みを会社の経営者である社長に向けたということだろう。

また人前で罵倒《ばとう》されたことなどを含めたパワハラで鬼頭への怨恨《えんこん》も募らせていたのだろ

う。ソリヤは会社から姿を消してから、復讐《ふくしゅう》の機会を狙っていたに違いない。鵜飼社長、鬼頭をこっそりとつけ回してチャンスを窺《うかが》いながら犯行に及んだ。しかし複数の人物に犯行前後の姿を目撃されている。指紋を残さないなどの用心深さは窺えるが、落ち度も少なくない。とはいえ現実的に日本の警察を相手に完全犯罪を目論《もくろ》むのは相当にハードルが高い。日本の警察は多くの捜査員を投入して人海戦術で情報を集め、交友関係や遺留品などあらゆる項目を徹底的に調べ上げる。それらをすべてくぐり抜けることなど不可能に近い。刑事ドラマやミステリ小説などで迷宮入りする事件が出てくるが、実際の警察はそれほど無能でない。

「そのソリヤを誰が殺したのか」

高松敬三《たかまつけいぞう》捜査一課長が最初の会議の席で捜査員たちに問いかけた。

ソリヤの死体は杉並区高井戸《たかいど》にあるアパートの一室で見つかった。隣室に住む住民から「隣の部屋で異臭がする」との通報を受けて駆けつけた警察官が発見した。死体は部屋の押し入れの中に隠されていた。首にはロープで絞めたようなアザが残っていた。死亡推定日時は四月二十一日の午後から夕方にかけてという検死報告が出た。死因は頸部《けいぶ》圧迫による窒息および脳虚血。ロープは見つかっておらず状況から殺人であるのは明らかだ。

部屋は一階にあり現場の状況から被害者が玄関扉を開けて中に入ろうとしたタイミングで犯人に襲われたとみられる。アパートは二階建てで各階に二部屋ずつあり、二階は空室になっている。玄関は建物の裏側にあるので犯人が潜んでいても人目につかない。四月二十一日、隣人は出張で不在だったのでアパートにはソリヤ以外、誰もいなかった。多少声や物音を立てても気づく者はいなかった状況だ。

そして今日になって捜査本部に思わぬ情報が飛び込んできた。

「ソリヤのことをカンボジア警察に問い合わせてみたところ、現地で指名手配されている男に酷似しているという報告が返ってきた」

藤沢が報告すると捜査員たちもどよめいた。

その人物は一年前に知人の男性を殺害して多額の現金を奪ったという。指名手配犯の名前はハイン・ラナリット。藤沢はホワイトボードにカンボジア警察から送られてきたハインの顔写真を掲示した。肩までかかる長髪で頬《ほお》もふっくらとしている。鵜飼鉄筋に提出してもらったソリヤの顔はすっきりと引き締まっていて短髪だった。しかし目鼻立ちは完全に一致している。さらに右頰にあるほくろも同一だ。カンボジアの警察と協力して見つかった死体がハインであるかどうかＤＮＡ鑑定をする手はずになったと藤沢がつけ加えた。

「もしあの死体がハインだとすると本物のソリヤは……生きてないですよね」

まどかは隣の席に座る高橋に小声で言った。彼は指名手配犯の写真を見つめながらうなずいた。

「ハインはソリヤを殺して彼になりすまして日本に逃亡した。そんなところだろう」

「お金のため、身分を奪うために殺人を犯すなんて。人の心を持ち合わせてないんですかね」

「人を殺すのは小心だからだ。ばれたらどうしよう、もしかして自分のことを知っているんじゃないか。そう思うと不安でたまらない。だから殺すんだよ。他にも殺しているかもしれない」

「日本に逃げてきて不安な毎日を送っていたんですね。そんな彼の心の癒《い》やしはカンプチャの料理だけだったのかもしれませんね」

ソリヤ……ハインはカンボジア人も多く集まるカンプチャの常連だった。指名手配犯がそんな場所に……。誰かが彼の正体に気づくかもしれない。そんなリスクを負ってまで通っていたのは、彼にとってカンプチャの味がかけがえのないものだったからだろう。まどかにはその気持ちが分かる気がした。自分もお気に入りのレストランのランチのためなら命がけで通うだろう。ランチにありつけないのなら死んだほうがマシである。我ながら大げさだと思うけど、本気の本音だ。まどかにとってランチは聖域なのだ。

「鵜飼社長や鬼頭もソリヤの正体をなんらかの伝手《つて》でつかんだのかもしれないな」

「それで殺された？」

「こうなってしまったら可能性としてあり得るだろう」

「ですね」

「ただ問題は……」

「ハインを誰が殺したのか」

まどかの先読みに高橋がコクリとうなずいた。

「ミステリ小説みたいになってきたな」

「トイプー警察犬の力を借りたいですね」

「メグレちゃんか」

警視庁が誇るトイプー警察犬には犯人を嗅《か》ぎ分ける能力があるという。

「室田署にもそういう人物がいるじゃないですか」

「あのヒッチコックか。ところでこの前の話、ちょっと気になるな」

「私もです」

古着屋の舌はカンプチャの料理に殺意を読み取っていた。彼の味覚に間違いはない。それだけは嫌というほど思い知らされてきた。古着屋は常識では計り知れない能力を持っている。その彼の舌が感じ取った殺意であるのなら本物だろう。

そしてそのカンプチャにハインが通っていた。果たしてこれが偶然といえるだろうか。

「殺意のこもった料理を作ったのは誰なんだろうな」

「フンかディスのどちらかですよね」

古着屋が最後にカンプチャに立ち寄ったのは半年前だ。その時期に料理人は二人だけである。それから間もなくフンが店長に叱られて失踪《しっそう》することになる。

「やっぱり気になるな」

「同感です。きっとこれは刑事の勘っていうやつですよ」

「たまにはドラマみたいにバッチリ決めたいよな」

「そこはポンコツコンビのクオリティですから」

「ポンコツは一人だけで充分だ」

「それ私の台詞《せりふ》ですから」

二人は署の地下に向かった。ティファニーの扉には「Close」のプレートがドアノブに引っかけられていたが店内の電灯はまだついていた。鍵《かぎ》はかけられていないので二人は扉を開いて中にそっと入った。厨房のほうに人の気配がする。近づいてみると巨漢のシルエットが動いている。

「古着屋さん」

まどかが声をかけると男のシルエットはゆっくりとこちらに近づいてきた。彼はまどかたちを認めると立ち止まる。

「もう……」

「閉店なのは分かってます。捜査の協力をお願いに参りました」

まどかが先読みすると古着屋の口元から舌打ちが聞こえた。


四月二十四日。

午後三時。

まどかと高橋がランチの営業時間の過ぎたティファニーに入ると、テーブルにはカンプチャの店長シムと料理人のディスが座っていた。

「お呼び立てして申し訳ありません」

高橋が二人に声をかけると彼らは少し不安そうな表情で頭を下げた。彼らもこの時間は昼休みである。

「ソリヤのことでは驚きました」

シムが鼻の下の髭《ひげ》をさすりながら言った。

「ええ、まさか殺されたなんて予想もしなかったですね」

高橋も同調する。

「ところで話が聞きたいということでしたが、どうしてここなんでしょうか」

シムは不思議そうに小首を傾《かし》げながら聞いた。

シムとディスを呼び出したのはまどかたちだ。本来なら彼らのレストランで聞き込みをするのだが、今回は理由があって二人をティファニーに呼び出した。

「実はちょっと確かめたいことがありまして、そのためにこちらにお越しいただいたわけです」

「警察の食堂ですよね。美味しいと話題になっているので一度来てみたいと思っていたんです」

シムは店内を見回しながら言った。

「そうだったんですか。ここの料理はびっくりするくらい美味しいですよ。あ、もちろんカンプチャも負けていませんけどね」

「さすがにここでアジア料理なんて出ないでしょう」

「実はそれが出るんですよ」

「この食堂で？」

シムもディスも意外そうに目を丸くした。

「今日、お呼びしたのはお二人に料理の味を確認してもらいたいからなんです」

「はぁ……」

二人ともぼんやりとした口調で返した。

「古着屋さん、お願いします」

まどかが厨房に向かって声をかけると古着屋が料理を運んできた。二皿ある。彼は料理をテーブルに置くと厨房に戻っていった。

「アモックじゃないですか」

シムもディスも料理を見てすぐに反応した。

「カンボジアの代表的な料理ですよね」

料理は二皿ともアモックだ。しかしそれぞれ見た目が微妙に違う。それは昨日、まどかと高橋に出された二種類のアモックだった。

「これは誰が料理したんですか」

ディスが顔を上げてまどかに聞いた。

「この店の料理人ですよ。まずは召し上がってみてください」

ディスはスプーンを手に取ると、二つのアモックを口にした。シムも同じようにしている。

「どういうことですか⁉　うちの料理そのものじゃないですか」

ディスはスプーンを皿の上に叩《たた》きつけると、興奮気味に立ち上がった。シムも険しい顔を向けている。

「ま、まずは落ち着いてください。たしかにこの二皿はカンプチャの料理を再現したものです」

「それにしてもここまで完璧に私の料理を再現できるなんて……」

ディスはため息をつきながら椅子に腰を落とした。

「フンのアモックも完璧だよ」

シムが片方の皿を指しながら言った。

「こちらがフンの料理なんですね？」

まどかがシムの方に身を乗り出しながら確認すると彼は少し驚いた様子で首肯した。

「あ、ああ、そうですよ。このアモックは見た目も味も間違いなくフンの仕事です」

「こいつはちょっと甘すぎるし、具が硬くて食感が悪い。フンの生まれ故郷の特徴かもしれないけど、日本人好みではないよ」

ディスがこんな料理は認めないと言わんばかりに首を左右に振った。

「でもソリヤはフンの料理がお気に入りだったんですよね」

ハインはフンが料理人になってから店の常連となり、フンの料理を好んでいた。

「二人は出身地が同じです。だからソリヤは故郷の味であるフンの料理に固執したんじゃないですかね」

シムの言葉に高橋もまどかも「なるほど」とうなずいた。

これで甘めのアモックがフンの料理であることがはっきりした。

「それにしても我々の料理をここまで再現できる料理人ってのはさっきの大きな男性ですか」

「はい。この店のスタッフです」

「正直、驚いています。私はレシピを誰にも教えたことはない。あのフンだってそんなことをするはずがありません」

「フンの料理は隠し味まで再現されてますからね」

「隠し味？」

まどかの言葉にシムもディスも不思議そうな顔をした。

「まあ、それはともかくご協力ありがとうございました」

「結局、どういうことだったんですか」

「それは捜査上のことなので申し上げられません。ごめんなさい」

まどかが頭を下げると、シムたちはそれ以上、食い下がってこなかった。そしてこれから仕込みの仕事があるからと辞去した。

「隠し味……殺意のことか」

「フンの料理には強い殺意が込められていた。あの古着屋さんが言うのだから本物ですよ」

「ハインの失踪《しっそう》とほぼ同時にフンも姿を消している。フンの殺意がハインに向けられたものだとしたら……」

「とにかくフンの行方を追うべきです」

「といっても根拠は古着屋さんの舌だけだからなあ。上の連中は相手にしないだろう」

フンの料理に殺意がこもっていたなんてオカルト以外のなにものでもない。そんな報告を捜査会議でしようものなら一課長や管理官らにどやされてしまう。

「署長や課長なら分かってくれますよ。今までだって古着屋さんのおかげで何件も事件が解決してるじゃないですか」

「そうだな。とにかく掛け合ってみよう」

二人はティファニーを出ると会議室に向かった。


四月二十六日。

「フンが確保されました！」

報告が入ったのは朝の捜査会議の最中だった。あれから藤沢課長と毛利署長にフンを捜索するよう進言した。根拠が古着屋の味覚だけということに気難しい表情を見せたが、それでも彼らはまどかたちの意見を受け入れた。署長も課長も古着屋の人間離れした能力を目の当たりにしてきたのだ。彼らは一課長を説得してフンの捜索を指揮することになった。

そしてフンは成田空港近くにあるホテルのフロントで確保された。彼はその日のうちに出国するつもりだったようだ。まさか警察にマークされているとは思っていなかったようで、捜査員が警察手帳を見せたときは呆然《ぼうぜん》としていた様子だったらしい。

フンの身柄は室田署に移されて、まさに取調べを受けている真っ最中だ。しかしこれまでの本人の証言から衝撃の真実が浮かび上がってきた。

ここはティファニーのテーブル席。時刻は午後四時。営業時間外なので客はいない。テーブルには高橋とまどか、そして古着屋が座っている。

「カンボジアで殺されたカオという青年はフンの弟でした」

高橋が古着屋に報告すると彼は「なるほど」とつぶやきながらも表情を変えなかった。

「やがて警察は犯人をハイン・ラナリットと断定して全国に指名手配しました。ハインはカオの中学生時代の同級生だった。ある日、カオが宝くじに当選して多額の賞金を手にします。金に目がくらんだハインはカオを殺害して金を強奪する。そして彼はさらに自分と同年代のソリヤを殺害する。ソリヤをターゲットにしたのは、彼は外国人実習生として日本に行く予定があったからだ。さらにソリヤはハインと顔立ちが似かよっていた。ハインはソリヤを殺すと知人のブローカーに金を渡してパスポートを偽造してもらい、ソリヤになりすまして日本に逃亡したというわけです」

そのソリヤらしき死体が昨日、現地の山中で発見されたと報告があった。現在、死体がソリヤ本人かどうかＤＮＡの鑑定中ということらしい。

古着屋は黙って聞いている。高橋はさらに話を続けた。

「そんなハインをフンは許さなかった。カンボジアの警察はハインが日本に逃亡していたことまで突き止めることができなかったが、フンはあらゆる伝手を駆使してハインが東京にいるかもしれないという曖昧《あいまい》な情報を得たわけです。それは知人の知人の知人の目撃情報だったようですが、遠目から見かけただけでハインに似ていたが本人かどうかも不明だというのです」

それでもフンは東京にやって来た。

しかしハインがソリヤという人物になりすましていることまでは把握していなかった。またハインが弟のカオと同級生とはいえフンとは面識がなかった。カオ自身もさほどハインとつき合いが深いというわけでもなかった。たまたま飲み屋で二人は顔を合わせて、酩《めい》酊《てい》気味だったカオがハインに宝くじを当てたことを漏らしてしまったというわけである。借金に苦しんでいたハインは酔っ払ったカオから金の在処《ありか》を聞き出すと、その日のうちに殺害を決行したらしい。詳しいいきさつはハインを殺す直前に本人から聞き出したとフンは証言している。ロープで首を絞める力を調整しながら半ば拷問同然に白状させたようだ。

そして洗いざらい吐かせたところでハインを絞め殺したということらしい。

高橋が話を続ける。

「とりあえず弟が殺された時点で犯人であるハインは姿を消していたわけです。東京にいるらしいことまではつかんでいたが、それ以上のことは窺い知れない。そこでフンはカンボジア料理店のカンプチャに目をつけた。フン自身、地元では人気の定食屋に勤務していた料理人だった。同じ地元のハインならその店に何度も立ち寄っていたはずです。東京にいるのならカンボジアの味が恋しくなっているのは間違いない。特に故郷の味。地元の定食屋の料理ならハインが顔を出すに違いない、フンはそう考えたようです」

カンプチャに雇われるためにフンは店の料理人であるディスにけがを負わせた。急峻《きゅうしゅん》な階段を下っているところを背中から突き飛ばしたのである。ディスは負傷してフンの目論み通りにカンプチャは料理人を募集するようになる。料理人であるフンは店にとってまさに渡りに船となる存在だった。フンはそれから地元定食屋の料理を客たちにふるまった。

「味が変わった」という感想が多かったが、客足が衰えることにはならなかった。特に同じ地方出身のカンボジア人たちには好評だったといえる。

その中にハインがいるはずだ。

フンは厨房の小窓から客席を覗《のぞ》いてハインの存在を確認しようとした。

そしてやがて常連となったソリヤに注目するようになる。髪型や顔の輪郭は変わっているが目鼻立ちやほくろの位置が一致している。それでも他人の空似の可能性があるため、フンは時間をかけてソリヤをじっくりと観察した。ある日は彼のあとをつけて住所を突き止め、非番の日は一日かけてソリヤの行動を監視した。

そしてソリヤのアパートの玄関扉にカオの写真を貼《は》りつけた。写真を手にしたソリヤは遠目から見ても明らかに動揺している様子だった。それからフンはさらに彼の行動を監視した。やがてソリヤはとんでもない行動に出た。勤務先の社長と日本人の従業員を殺害してしまったのだ。その姿を見てフンはソリヤがハインであり、彼が弟を殺害した犯人だと確信したという。

「どうしてソリヤ、もといハインは社長や従業員を殺害したんだ？」

古着屋が尋ねる。

「外国人実習生を食いものにしている会社が許せなかった、だから社長を殺したと。鬼頭は人前で罵倒された恨み、そして玄関にカオの写真を貼りつけたのが鬼頭だと思ったからだそうです。鬼頭はことあるごとに『お前たち外国人は信用できない。必ず正体を暴いてやる』と罵《ののし》っていたそうです。自分の正体がばれたと焦ったハインは社長と鬼頭の殺害を決行したということらしいです」

これもフンがハイン本人から聞き出したことだ。フンは地元では相当な不良で知られていたらしい。そんな彼の素行の悪さがカンプチャでのトラブルにつながっていたのだろう。

そんな彼も弟を殺されて黙ってはいられなかった。人を殺すのは初めてだったようだが、ためらいはなかったという。

「あの味はそういうことだったのか」

古着屋は立ち上がるとつまらなそうに言った。

「あの味……殺意のことですか」

「実に退屈な真相だったな。もう少しドラマがあってもよかろうに」

彼は首を回すと厨房に向かった。

「ちょっと待ってください。お願いがあるんです」

今度はまどかが古着屋の背中に声をかけた。

「営業時間外なんだが」

彼はゆっくりと振り返った。腫れぼったい目でまどかを見つめている。

「それはよく分かってます。実はフンが黙秘を始めちゃいまして」

「だいたいのことは証言したんだろう」

「でもまだ細かいところを聞き出さなくてはなりません」

現状の証言だけでは起訴に至らないだろう。

「拷問にでもかければいいだろう」

古着屋が鼻で笑いながら言った。

「私たちは秘密警察じゃありません！」

思わずきつい口調で返すと彼はやれやれといった様子で首をすくめた。

「それでお願いってのはなんだ」

古着屋が厨房への入口で促す。

「フンの黙秘を打ち破る料理を作ってほしいんですよ。たとえば亡くなった彼の母親の味つけとかどうでしょう。母親の料理を口にすれば正直になれると思うんです」

以前も同じような手口で黙秘を貫こうとする容疑者の口を割ったことがある。今回も古着屋にそれをさせようというわけだ。それを指示したのは他ならぬ毛利署長である。

「亡くなった人間の味つけだと？　どうやってそんな味を再現できるんだ」

「またまたぁ。できるくせに」

「話にならん」

古着屋は厨房に引っ込んだ。

「あとは頼んだ。こういうのは若い女の役目だ。色仕掛けとかハニートラップとかあるだろ」

高橋は厨房を指さす。

「それって女性蔑視《べっし》ですよ」

「とにかく頼んだ」

「ずるいですよ！」

高橋は立ち上がると店を出て行った。

「はぁ、料理はともかくあの人は苦手だぁ」

まどかはため息をつくと厨房に向かった。暗い奥のほうにヒッチコック監督を思わせるシルエットが浮かんでいる。

色仕掛けが通用するかしら？

まどかは突然浮かんできた考えを振り払うと、自分の頬をパンパンと叩いた。

「拒否するなら公務執行妨害で逮捕しますよっ！」

まどかの声が厨房に虚《むな》しく響いた。

Murderous intent makes delicious food.
*

# エピローグ

二週間後。


まどかと高橋は室田署地下、ティファニーの前で呆然《ぼうぜん》と立ちすくんでいた。

時刻は午後一時半を回っている。外回りから署に戻ってきて遅いランチをとろうと二人はティファニーに向かった。いつもだったら地下に続く階段からエントランスにかけて行列ができているのに、エントランスホールは閑散としていた。二人は怪訝《けげん》に思いながらも地下に続く階段を降りてティファニーの扉の前に立つと貼り紙が目に入った。

『本日で営業を終了させていただきます。ご愛顧いただきありがとうございました。ティファニー店長』

Ａ４版のコピー用紙に達筆とも拙筆ともいえない字で、サインペンで書かれた素っ気ないものだった。日付は昨日のものだ。たまたま二人は昨日は非番だったので知らなかったのだ。

「マ、マジですか……」

まどかはやっとの思いで声をしぼり出した。胸を押さえると心臓がバクバクと鼓動を打っていた。

「なんでだよ……繁盛していたじゃないか」

高橋は泣きそうな声だった。彼はドアノブを握ると乱暴にゆすった。鍵がかけられているようでびくともしない。

「いきなりすぎだよな」

背後から声がしたので二人は振り返る。そこには五十代半ばといったところだろうか、小太りでメガネをかけた男性が立っていた。理知的な顔立ちだがメガネからのぞく目つきは刑事のような鋭さがある。

「笹塚さんじゃないですか」

男性は人気料理番組『鉄人シェフ』にも出ていた料理評論家の笹塚明仁だった。雑誌に掲載されたグルメ評論でティファニーを人気店にした立役者でもある。

「君たちは今、知ったようだね」

「そうなんですよ。だからショックが大きすぎて」

まどかは胸を押さえた。母親に捨てられた子供のような気分。涙が出そうだ。

「笹塚さんは今日も取材ですか」

「そう。私も閉店のことは今日の午前中に知ったんだ。昨日は出張で北海道に行っていたのでね。どうしても諦めきれずにまた立ち寄ってしまった。これで三回目だ」

彼は閉店を知ってから一時間ごとにここに寄っているという。

「私たちも捜査の協力をずっとお願いしてきたんですよ」

フンは今も黙秘を続けているので事件の全貌が明らかになっていない。

「古着屋護かね」

まどかたちはうなずいた。フンの黙秘を打ち破る料理を作ってほしいと毎日のように古着屋のいるティファニーに通っていた。しかし彼はけんもほろろな態度で引き受けようとはしなかった。彼は例の超能力を否定している。それでも受けてくれるまで粘り強く希《ねが》うつもりだった。

「私もずっと彼のことを追ってきた。やはり彼は『エル・ブリ』で働いていたことがあったよ」

笹塚は一枚の写真を差し出した。そこには整った顔立ちでスタイルのいい、コックコート姿の男性が写っていた。顔立ちからして明らかに日本人である。厨房に立った彼がソースの味見をしているワンシーンである。まるで映画の一コマのように絵になっている。

「まさかこれが古着屋さんですか」

「そう。二〇一〇年の六月から十月まで勤務していたようだ。これが唯一の古着屋さんの写真だよ。何人もの関係者に当たって、手に入れるのに苦労した」

今の体型とは似ても似つかないが少し淀《よど》んだ瞳と鼻の形が一致している。しかし「これが古着屋だ」と言われなければ気づかなかっただろう。そのくらい今の彼とはかけ離れている。いったいこうなるまでに彼になにが起こったというのだろう。

「あのオッサンも痩せればイケメンなんだ」

　高橋はどこか呆《あき》れた口調だった。

「その後の彼の詳しい経歴は不明だ。世界各国、日本各地の店を転々としているようだけど、ひとつの店に居着くことはない。続いてもせいぜい数ヶ月。ティファニーが開店したのが今年の頭だったから五ヶ月強といったところだね」

「どうしてティファニーは閉店しちゃたんですか」

「今回の閉店は古着屋さんとは関係ない。投資の失敗で経営者が破産しちゃったそうなんだ」

「そ、そうなんですかぁ」

　いくら店が繁盛していても経営者に問題があれば店はつぶれる。従業員たちへの給料はどうなったのだろうか。

「どちらにしても古着屋さんは近いうちに店を辞めるつもりだったろう。ひとつの店に長居はしないタイプだからね」

「彼は今、どうしているんですか」

「さあ。またどこかで急に行列ができる店が現れたら、そこにいるかもしれない。もっともその店が国内とは限らんがね」

　あれから笹塚は古着屋のこと徹底的に調べたという。

「彼はいったい何者なんですか」

尋ねたのは高橋だった。それはまどかにとっても気になる謎《なぞ》である。

「天使だという人もいるし、悪魔だという人もいた」

笹塚は遠い目をしながら天井を見上げた。

「天使と悪魔って真逆じゃないですか」

「彼の料理によって救われた人もいれば、逆に人生がメチャクチャになった人もいる」

「料理で救われるというのは分かるんですが、人生がメチャクチャになるなんてことがあるんですか」

「長野県松本市での出来事だ。古着屋さんの料理以外、口にできなくなった人がいる。彼は古着屋さんの店に毎日欠かさず通い詰めていたんだが、ある日突然、古着屋さんが今回のように姿を消してしまった。絶望した彼は自殺してしまったそうだ」

「そんなことが……」

高橋が信じられないと言わんばかりに眉根を寄せた。

「だけど、その人物には三十五年前に起きた、ある事件に関《かか》わっていたのではないかという噂《うわさ》があったんだ」

「三十五年、随分と昔の事件ですね」

高橋が三十五歳だから彼が生まれた年である。

「長崎の片田舎の村で起きた児童誘拐事件さ。当時、トンボとりに行ってくると出かけたクラスメートの五人の少年少女が失踪した。現場からは子供たちのリュックや帽子が見つかったが、犯人は捕まらず、五人の行方はいまだ杳《よう》として知れない。当然、五人は生きてないだろう」

「なんだか不気味な事件ですね」

まどかは両腕をさすった。

「地元ではトンボ事件と呼ばれていて、彼らがいなくなった現場は心霊スポットになっている。これが当時の記事だよ」

笹塚は肩掛けバックから新聞紙を取り出して、まどかたちに見せた。「失踪した五人、いまだ不明」と見出しの打たれた記事。そこには失踪した五人の顔写真と名前が掲載されている。

「おい、これ！」

記事を読んでいた高橋が突然、顔写真のひとつを指さした。おかっぱ頭の少女だった。

「古着屋！」

まどかは思わず声を上げてしまった。少女の名前は「古着屋伸子《のぶこ》」とある。

「古着屋なんて珍しい名字だよね。この村には古着屋の姓が二軒あったそうだ。この二軒も先祖を遡《さかのぼ》ればすぐにつながるんだろうけどね」

「それで松本市で自殺した男というのは？」

「この事件をずっと追っていたルポルタージュのライターが、長年の調査で行き着いたのがその男さ。警察にも報告したけど直接的な証拠がないと相手にされなかった。ライターは二年前に調査の集大成ともいえるルポルタージュを刊行した。もっともその本はさっぱり売れず、たいして話題にもならなかったけどね」

さらに彼はバッグから一冊の本を出した。表紙には『トンボ事件の真相』とある。

「それで古着屋伸子さんというのは……」

「古着屋護の妹だよ」

新聞記事に彼の名字を見つけてからなんとなく予想はついていたが、あらためて明かされると驚きが隠せない。

「古着屋さんは自分の料理の腕を使って仇討《かたきう》ちをしたんでしょうか。妹を誘拐した犯人に」

「それを聞き出そうとここに来てみたんだが……彼を捜さなくてはならなくなった」

笹塚も古着屋の料理によって自殺した男がトンボ事件に関わっていたかもしれない、という話を最近になって知ったようだ。

「この料理がなければ生きていけないと思うほどの味で、犯人を虜《とりこ》にして自殺に追い込んだ……というわけですか」

もしそれが真相だったとしても古着屋は容疑者にもならないだろう。なぜならそんな話はあまりに現実離れしているからだ。毒を盛るわけでもなく、意図的にアレルギーを引き起こすわけでもなく、純粋に料理の味だけでターゲットを自殺に導く。そんな推理をしたところで上司たちは聞き入れてくれない。

「私の推理が正しければ、これは完全犯罪というわけだ」

笹塚は顔をニヤリとさせた。

まどかはさらに寒気が強まった感じがした。

手にしていた若きころの古着屋護の写真を見つめる。

またどこかで会うことがあるだろうか。

そのときの彼は天使か、それとも悪魔だろうか……。

「彼のことが分かったら君たちにも報告するよ」

「よろしくお願いします！」

まどかは高橋と一緒に頭を下げた。彼については聞きたいこと知りたいことだらけだ。

「二人ともこんなところで油を売っていたのか！」

突然、階段の上から声がした。見上げるとはたして藤沢課長だった。

「なにかあったんですか」

高橋が尋ねる。

「五丁目で殺しだ。ガイシャはバラバラだ。すぐに向かえ」

藤沢が親指を上階に向けた。

「私たち、ランチがまだなんですけど……」

「そんなの知るかっ！」

藤沢の怒号が降りかかる。

「くそ、最後に生姜焼《しょうがや》きが食べたかったな」

高橋が舌打ちをしながらつぶやいた。そして「行くぞ」と階段を駆け上がっていった。

「ランチを食べ損なったな」

笹塚が笑いをこらえながら言った。

「断じて犯人が許せません！」

なにが許せないって私からランチを奪ったことだ。

まどかは「よしっ！」と気合いを入れて両頬《りょうほお》をパンパンと叩《たた》いた。

待ってろ、犯人。

食べ物の恨みの怖さを思い知らせてやるから。